Salvatierra

Pedro Mairal

Salvatierra

tradução
Mariana Sanchez

todavia

I

O quadro (sua reprodução) está no Museu Röell, ao longo de um grande corredor curvo e subterrâneo que conecta o antigo edifício com o novo pavilhão. Descendo as escadas, você pensa que chegou a um aquário. Por toda a parede interna de quase trinta metros, o quadro vai passando como um rio. Encostado na parede oposta há um banco em que as pessoas se sentam para descansar e olham o quadro passar lentamente. Demora um dia para completar seu ciclo. São quase quatro quilômetros de imagens movendo-se devagar, da direita para a esquerda.

Se eu disser que meu pai levou sessenta anos para pintá-lo, parece que ele se impôs a tarefa de completar uma obra gigantesca. O certo seria dizer que ele o pintou durante sessenta anos.

2

Esse mito que está sendo criado em torno da figura de Salvatierra nasce em virtude do seu silêncio. Quer dizer, da sua mudez, da sua vida anônima, da longa existência secreta de sua obra e do quase total desaparecimento dela. O fato de que apenas uma tela tenha sobrevivido faz essa peça única valer muito mais. O fato de ele não ter dado entrevistas, não ter deixado nada escrito sobre sua pintura nem ter participado da vida cultural, nem nunca ter exposto, faz com que curadores e críticos possam preencher esse silêncio com as opiniões e teorias mais diversas.

Li que um crítico o classificava como *art brut*, uma arte realizada de modo absolutamente ingênuo e autodidata, sem intenção artística. Outro crítico falava da influência evidente dos luministas espanhóis de Maiorca na obra de Salvatierra. Nesse caso, o caminho que essa influência precisou percorrer é longo, mas não impossível: dos luministas espanhóis a Bernaldo de Quirós; de Quirós a seu amigo e aluno Herbert Holt; e de Holt a Salvatierra. Outro crítico, ainda, mencionou semelhanças com o *emakimono*, aqueles longos rolos desenhados, típicos da arte chinesa e japonesa. É verdade que Salvatierra tinha visto um desses desenhos, mas também é verdade que já havia desenvolvido sua técnica de continuidade antes de vê-lo.

Essas explicações não têm importância. Se eu fosse desmentir os erros de tudo o que está sendo dito e escrito sobre meu pai, não teria tempo para mais nada. Preciso me acostumar à ideia de que a obra de Salvatierra já não é mais nossa (refiro-me à minha família) e que agora ela é vista pelos outros, contemplada pelos outros, interpretada, mal interpretada, criticada e de algum modo apropriada pelos outros. É assim que deve ser.

Também entendo que a ausência do autor melhora a obra. Não apenas por sua morte, mas também pelo silêncio a que eu me referia antes. O fato de o autor não estar presente, intrometendo-se entre o espectador e a obra, permite que o espectador desfrute dela com maior liberdade. Nesse sentido, o caso de Salvatierra é bastante radical. Por exemplo, no quadro todo não há um único autorretrato. Ele não aparece na sua própria pintura. Nessa espécie de diário pessoal em imagens, ele mesmo não figura. É como escrever uma autobiografia em que você não esteja. E, algo curioso: o quadro não está assinado. Embora isso talvez não seja tão estranho. Afinal de contas, onde assinar uma obra daquele tamanho?

Entre as inverdades que surgiram com a popularidade póstuma do meu pai, a que eu acho mais difícil de tolerar é o surgimento de supostos amigos e conhecidos. Principalmente levando em conta que quase ninguém em Barrancales sabia que Salvatierra pintava, e os poucos que sabiam não estavam interessados nisso. Semanas atrás, vi um documentário legendado em francês onde vários ilustres desconhecidos de Barrancales falavam para as câmeras, contando histórias sobre ele, sua personalidade, seu modo de trabalhar. Também apareciam minhas tias, que o desprezavam, um secretário de cultura que desdenhou da obra por anos, e até a viúva do dr. Dávila, que não quis abrir a porta quando fui visitá-la. Todos muito bem penteados, decentes, contando histórias falsas ou verdadeiras sobre meu pai. Se ao menos tivessem entrevistado Jordán ou Aldo, teria sido mais honesto.

3

Aos nove anos, meu pai sofreu um acidente enquanto andava a cavalo com os primos por um palmeiral perto do rio. Salvatierra montava um tordilho de pelagem revolta. Sempre o pintou assim. Como uma ameaça que ressurge aqui e ali na sua pintura, um cavalo cujo pelo se confunde com o céu cinza carregado. O bicho se assustou em pleno galope. Com os corcoveios, Salvatierra caiu e ficou preso no estribo, pendurado nas patas do tordilho, que fugiu entre as árvores. Os coices e pisões quebraram seu crânio e a mandíbula, deslocaram seu quadril.

Seus primos o encontraram meia hora depois, dentro da mata, ainda pendurado no cavalo, que pastava tranquilo atrás de um espinilho. Meu tio costumava contar que o levaram de volta devagar e chorando, achando que ele estava morto.

Quem o salvou foi a cozinheira, uma velha caolha que o acolheu, lavou suas feridas com alguma beberagem de ervas, pôs nele uma roupa limpa e o botou na cama, falando ao seu ouvido. Quando meus avós voltaram da vila e o viram assim, minha avó desmaiou.

Só no dia seguinte apareceu de carroça um médico bêbado, que felizmente não chegou a tocar em Salvatierra. Disse apenas "tem que esperar" e continuou vindo a cada três dias, mais para tomar o vinho do almoço que para ver o doente. Nunca pude descobrir o nome daquele médico, mas ele fez algo fundamental na vida do meu pai. Não só deixou que se curasse sem submetê-lo às sangrias e aos banhos gelados que a medicina da época aconselhava, como, ao ver que estava melhorando, lhe deu de presente umas aquarelas inglesas que chegavam de barco do Paraguai.

Depois do acidente, Salvatierra nunca mais falou. Podia ouvir, mas não falar. Nunca soubemos se seu mutismo se devia a causas físicas ou psicológicas, ou uma combinação de ambas. As tentativas de curá-lo foram essencialmente caseiras. Por exemplo: deixavam um copo de água num lugar onde ele pudesse ver, mas não alcançar, explicando que só lhe dariam quando ele dissesse "água". Mas não conseguiram nada: ainda que estivesse morrendo de sede, Salvatierra não pronunciava uma só palavra.

O que conseguiram foi fazer com que ele desenhasse o que queria. Depois, com as aquarelas, começou a pintar. Os desenhos daquela época não foram conservados (na verdade, ao começar a grande tela aos vinte anos, ele mesmo queimou toda a sua obra anterior). Segundo contavam, enquanto ele ainda se recuperava, punham sua cama debaixo do caramanchão e ele desenhava pássaros, cachorros, insetos, e fazia retratos furtivos das primas adolescentes e das tias cinquentonas tomando limonada fresca à sombra do fim da tarde.

4

Seu período de convalescença e sua mudez o relegaram à margem do papel designado aos pujantes homens sadios da família, e o livraram das grandes expectativas do seu pai espanhol. Meu avô, Rafael Salvatierra, e seu irmão Pablo haviam chegado à Argentina aos vinte anos, trabalharam como chacreiros em Concepción del Uruguay, em seguida como capatazes de fazendas em Colón e, mais tarde, depois dos quarenta anos, conseguiram comprar essas terras arenosas que ninguém queria, na região de Barrancales. Durante o jantar, meu avô costumava dizer aos filhos, com um gesto que abarcava a grande copa, mas que pretendia incluir as léguas de campo que o rodeavam: "Comecei na pobreza total e cheguei a isso. Vocês começam aqui, vamos ver até onde chegam". Os coices do tordilho livraram meu pai dessa exigente obrigação.

Passou a ser o mudinho, o bobo da família. Deixavam que ficasse com as mulheres sem pedir dele as demonstrações de virilidade que eram exigidas dos outros garotos, como atirar de espingarda, laçar ou domar novilhos. Passeava com as primas, que o arrastavam para lá e para cá feito um boneco, brincavam de escolinha e lhe ensinavam tudo o que sabiam. Forçavam-no a escrever para que não esquecesse o abecedário, faziam com que ele se comunicasse anotando palavras numa lousa e tomavam banho de rio juntos. Minha tia Dolores contava que, quando as meninas se trocavam entre os salgueiros para entrar na água, o obrigavam a virar de costas. Ele batia palmas uma vez — era sua maneira de perguntar se já podia olhar — e elas diziam que não. Depois de um tempo, voltava a bater palmas e elas diziam de novo que não, que nem pensasse em se virar, até que se ouviam risadas e ele se virava e via suas primas já dentro da água.

Essa brincadeira deve ter torturado Salvatierra, pois na obra aparecem com frequência meninas adolescentes se trocando na luz verde dos salgueiros às margens do rio, garotas salpicadas de sol, apressadas pelo pudor da nudez. Sem dúvida ele as pintava porque precisava ver, de uma vez por todas, aquelas cenas que tinham se desenrolado às suas costas e que ele não pudera ver, aquela intimidade luminosa tão próxima e no entanto proibida.

5

Se Salvatierra tivesse pedido que meu irmão e eu cuidássemos da sua obra depois de sua morte, provavelmente não o teríamos feito. Ou talvez sim, mas não de boa vontade. Por outro lado, um dia antes de morrer no hospital de Barrancales, quando meu irmão Luis lhe perguntou "Papai, o que fazemos com a tela?", ele sorriu, sacudindo o braço com aquele gesto despreocupado de jogar algo para trás, para o passado, como quem diz "Tanto faz, eu me diverti". Depois, botou o dedo indicador embaixo do olho e apontou para minha mãe, que estava de costas abrindo as cortinas. Foi um gesto que entendi como "Fiquem de olho na mamãe, cuidem dela", ou algo assim. Não voltamos a perguntar sobre o quadro. Parecia que o importante para ele tinha sido pintá-lo, o resto não interessava. O que nós decidíssemos estaria bom. Meu pai morreu na madrugada do dia seguinte, dormindo tranquilo.

Tempos depois, quando Luis e eu decidimos nos ocupar do quadro, a primeira coisa que fizemos foi falar com seu velho amigo, o dr. Dávila, que tinha sido nosso pediatra e que, apesar da idade, ainda mantinha alguns contatos no governo. Ele nos aconselhou a pedir um incentivo para fazer um pequeno museu. Redigiu várias cartas enfatizando a qualidade, a dimensão da obra e o valor que ela tinha como documento dos costumes e das pessoas de uma época e uma região. Assim, conseguiu que o quadro fosse declarado "patrimônio cultural do estado", mas o auxílio necessário para criar uma fundação nunca chegou. Nem mesmo foi alguém da prefeitura para ver de que a obra tratava. Tínhamos apenas o certificado: uma série de documentos oficiais com selos e assinaturas cheias de floreios que, ao invés de nos ajudar, acabaram sendo um pesadelo burocrático.

O tempo passou sem que pudéssemos fazer nada. Nem mencionamos o assunto para minha mãe, pois não queríamos revirar (ou melhor, desenrolar) aquele passado diante dela. Achávamos que poderia ser doloroso. Não foi uma decisão conversada com meu irmão, simplesmente aconteceu assim. Meus pais sempre foram muito companheiros e, quando ele morreu, minha mãe suportou sua ausência com um silêncio resignado e lúcido que não nos atrevemos a interromper. Eles morreram com dois anos de diferença. Mamãe nunca soube que tínhamos intenção de expor o quadro, e jamais tocou no assunto. A única coisa que ela mencionou uma vez foi que o dono do supermercado recém-construído ao lado do galpão lhe fizera uma proposta para comprar o terreno, e que ela havia recusado.

6

No mesmo dia do enterro de mamãe, depois de nos livrarmos das tias e dos pêsames, Luis e eu fugimos e fomos no carro dele até o galpão. Fazia anos que não entrávamos naquele lugar. Vimos que no terreno dos fundos, onde antes havia um taquaral, ficava agora o supermercado. O galpão ainda tinha a mesma porta de correr.

— Entramos? — perguntou Luis.

Hesitamos durante um tempo, até que estacionamos o carro e descemos. Chamou nossa atenção que a porta estivesse sem cadeado. Abrimos. Entramos como num templo, como que pedindo licença ao fantasma de Salvatierra. Ali estavam os rolos da tela, pendurados com cuidado ao longo de toda a extensão das vigas. Nós os contamos: eram mais de sessenta. A vida inteira de um homem. Todo o seu tempo enrodilhado ali, escondido.

— O que vamos fazer? — eu disse a Luis.

Os rolos pendiam sobre nossa cabeça. Uma enorme tarefa nos esperava.

— Quantos metros será que tem?

Olhando para cima, ajeitando os óculos, Luis disse:

— Quilômetros, cara, vários quilômetros.

Conhecíamos algumas partes da obra, principalmente do período em que nós o ajudamos na preparação da tela. Mas muitas vezes, a portas fechadas, Salvatierra pintava trechos que depois ficavam enrolados e não chegávamos a ver. Agora tínhamos diante de nós, sem restrições, a totalidade da sua obra, suas cores, seus segredos e seus anos. Acho que estávamos muito curiosos, mas também intimidados, avaliando a enormidade do trabalho. Éramos dois quarentões ali parados, imóveis, exalando vapor no frio do galpão, com as mãos enfiadas no casaco.

De repente, ouvimos uma voz ríspida:

— O que estão procurando?

Vimos um homem baixinho e hirsuto, com uma barra de ferro na mão. Dissemos a ele quem éramos. Ele também se apresentou, já mais calmo: era Aldo, um assistente que Salvatierra contratara nos últimos anos para fazer o trabalho que havíamos abandonado quando fomos para Buenos Aires. Tínhamos nos visto apenas algumas vezes. Demorou para nos reconhecer, e nós a ele. Agora parecia um sujeito bronco, meio intratável. Aldo nos contou que, quando Salvatierra morreu, mamãe deixara de pagá-lo, mas que ele continuava indo ao galpão porque guardava umas coisas ali, e assim aproveitava para conferir se havia goteiras e pôr veneno contra ratos. Explicou que, semanas antes, tinha visto dois homens rondando o galpão e tentando forçar a entrada, por isso agora estava alerta e com o ferro na mão. Vimos que num canto havia um catre e um caixote com uma vela apagada. Também havia uma canoa meio podre, uma bicicleta velha, algumas caixas, sacolas e muitos pedaços de coisas quebradas ou desmontadas.

Perguntamos a ele qual havia sido a última coisa que Salvatierra pintara. Ele nos mostrou o rolo do último ano. Estava perto do chão, à nossa altura. Aldo desenrolou e nós fomos esticando a tela. Vimos a ponta final, que Salvatierra pintara quinze dias antes de morrer. Os últimos metros estavam inteiramente cobertos por uma cor de água mansa, ora transparente, ora mais opaca, como um silêncio submerso onde por vezes havia um peixe nadando sozinho e alguns círculos.

Luis e eu nos olhamos. Acho que nós dois gostamos daquilo. Transmitia tranquilidade. "Não está terminado", disse

Aldo, mostrando um peixe e uns círculos pela metade. "Depois de pintar essa parte, ele ficou sem forças e não quis continuar." Não importava. Dava para entender que, de algum modo, Salvatierra tinha terminado onde quis. Como se depois, simplesmente, tivesse decidido morrer.

Milhares de vezes eu me perguntara como seria o fim da tela, essa tela que parecia um caudal infinito, por mais que eu soubesse que um dia acabaria, assim como também acabaria meu pai, que era mortal, ainda que eu não quisesse acreditar. Ali estava a resposta. Com toda a naturalidade, ali estava o fim.

7

Aos catorze anos, já abandonado pelas primas, que haviam se cansado dele, Salvatierra se tornou mais solitário. Uma fotografia da época o mostra desconfortável, segurando sua boina, quase à margem da família, olhando com um ar de potro distante detrás daquele nariz proeminente que Luis e eu herdamos. Sua mãe o deixava visitar um pintor alemão anarquista chamado Herbert Holt, que viveu durante um tempo em Barrancales e foi amigo e aluno de Bernaldo de Quirós. Holt ensinou a meu pai as técnicas da pintura a óleo.

Essas coisas foi o próprio Salvatierra quem disse, com aquela mistura de mímica e de sinais com que às vezes nos contava histórias. Ia duas vezes por semana à casa de Holt, de bicicleta (durante muito tempo, não voltou a montar a cavalo). Ele contornava o rio pelo caminho antigo, onde agora fica a avenida costeira, e passava pelo bosque da entrada sul da vila, entre freixos, salgueiros e álamos, que formavam aqueles túneis verdes que aparecem na sua obra. Chegava à casa de Holt às nove da manhã. O velho deixava-o pintar ao seu lado, dando apenas algumas indicações. Aos poucos lhe ensinou a usar a perspectiva, a misturar cores, estudar as proporções e, o mais importante, a pintar todos os dias. Às vezes, retratavam velhos vagabundos que Holt fazia posar em troca de vinho e biscoito.

Mas Holt foi embora, voltou à Alemanha depois do golpe de Uriburu. Meu irmão acha que os motivos da sua partida não foram políticos, mas sim que, ao se ver superado em tão pouco tempo pelo aluno, o velho decidiu buscar novos horizontes, longe de tal humilhação. No Club Social de Barrancales ainda restam algumas telas bastante ruins que tentam retratar a ribeira do rio Uruguai, mas que se parecem mais com o frio Danúbio da sua terra natal.

Na sua tela, Salvatierra recorda Holt em duas ou três ocasiões. Numa delas, pinta-o como um maestro de orquestra regendo a paisagem, o pincel erguido como uma batuta, dominador. Em outra, aparece sentado, contente, comendo uma grande melancia amarela sob um céu amarelo como um incêndio. Salvatierra nos contou que um dia tiveram uma discussão porque ele pintou uma melancia amarela e Holt lhe disse que devia pintar as coisas da cor que elas tinham. Se as melancias eram rosadas como o ocaso, devia pintá-las rosadas como o ocaso. Meu pai tentou explicar a ele, com sua mímica nervosa, que existiam melancias amarelas. Holt pensou que estava zombando dele e o mandou embora. Salvatierra voltou no dia seguinte com uma melancia redonda de presente. Na frente de Holt, partiu-a ao meio com seu canivete e, para espanto do alemão, abriram-se duas metades amarelas.

Durante aqueles anos de aprendizado com Holt, Salvatierra evitava a todo custo seus primos e irmãos, e passeava a pé pelo bosque da orla. Foi assim que conheceu os pescadores, velhos canoeiros que montavam ranchos na margem e viviam do que pescavam com espinhéis e redes. Velhos que evitavam que a cheia levasse as poucas coisas que tinham, pendurando-as nos galhos mais altos dos inhanduvás. Na tela, aparecem entre constelações de peixes monstruosos, como costumam ser os peixes de rio: grandes surubins rajados e bigodudos; bagres amargos cor de bile; piraíbas de traços orientais; mandubis com bico de pato; e o abotoado, que é o encouraçado dos peixes, com espinhos nas laterais do corpo. É assim que Salvatierra pinta os pescadores da sua infância, como santos, maltrapilhos, patronos dos peixes que nadam no ar da ramagem, entre latas, panelas, sacolas, colheres de pau penduradas nas árvores para que a cheia não as leve. Como se todos nadassem tanto no ar como na água: os homens, os peixes e as coisas.

É compreensível que ele não gostasse de ir — como às vezes era forçado — com seus primos e irmãos aos bailes da vila. Sua mudez certamente o inibia de participar. Além disso, não gostava de formalidades. Desde que o conheci, ele se vestia com duas coisas: para pintar, seu macacão de mecânico manchado de tinta, e, para ir ao Correio, um casaco cinza que não voltou a usar depois que se aposentou.

Acho que ele também aprendeu com Holt — mais por imitação que por doutrina do velho alemão — certo gosto pela liberdade, certa anarquia vital ou isolamento feliz. Uma simplificação da vida às coisas mínimas, que lhe permitissem continuar fazendo, sem estorvos, o que ele gostava.

Quando Holt partiu, deixou ao meu pai uma boa quantidade de tintas e um longo rolo de tela que havia sobrado. O próprio Holt ia cortando pedaços daquele rolo e os esticava em bastidores retangulares para pintar. Mas Salvatierra, ao receber o rolo inteiro, decidiu pintar nele um longo quadro com o tema do rio, em toda a sua extensão, sem cortá-lo. Aquele foi o primeiro rolo. Ele tinha vinte anos quando começou.

8

A primeira coisa que fizemos antes de ir embora foi pagar uns pesos para que Aldo cuidasse das telas e mantivesse o galpão como era antigamente. Pouco depois, pudemos deixar nossos afazeres em Buenos Aires por uns dias e voltar a Barrancales. Luis não teve problemas para fugir do cartório e eu, divorciado, com meu único filho em Barcelona, só tive que fechar por alguns dias a imobiliária, que de qualquer forma já estava quase parada.

Luis e eu nos instalamos na última casa que meus pais tiveram, ainda à venda. Ficava perto do rio e a cinco quadras do galpão. Passamos aqueles dias descendo e subindo os rolos com a ajuda de Aldo, usando o sistema de polias e um equipamento para erguer motores que Salvatierra tinha conseguido numa antiga oficina mecânica. Calculamos que cada rolo devia pesar uns cem quilos. Luis comentou que estávamos mais velhos e demos risada, porque o simples fato de arregaçarmos as mangas, como antes, para fazer um trabalho físico, melhorou nosso humor.

Assim que o rolo chegava ao chão, nós o desdobrávamos e Luis ia fotografando fragmentos. Sua ideia era enviar as imagens com uma carta para insistir na prefeitura por um patrocínio ou, caso não tivéssemos resposta, pedir apoio a alguma fundação ou museu interessados em arcar com um projeto de exposição.

Teria sido impossível expor a tela inteira num único lugar. Pensamos que talvez pudesse ser exposta por segmentos. Duas sequências haviam sido exibidas em Buenos Aires nos anos 1960, durante muito pouco tempo, mas Salvatierra não quis estar presente. Sempre se sentira um peixe fora da água, figurativo entre os não figurativos, provinciano entre os portenhos, fazedor entre os teóricos. Além disso, eram tempos de instalações e happenings, estéticas distantes de Salvatierra. Em outra ocasião, o dr. Dávila, seu amigo, levou um fragmento a uma bienal de arte em Paraná,* depois de combinar com meu pai que, se a obra ganhasse, dividiriam o dinheiro do prêmio. E ganhou. Fomos todos à cerimônia. Salvatierra se sentiu muito desconfortável e nunca mais expôs. Não lhe interessava e, além do mais, interrompia seu trabalho diário. Ele não precisava de reconhecimento, não sabia como lidar com aquilo, parecia algo alheio à sua obra.

Acho que ele concebia sua tela como algo demasiado pessoal, como um diário íntimo, uma autobiografia ilustrada. Talvez devido à sua mudez, Salvatierra precisava narrar a si mesmo. Contar sua própria experiência num mural contínuo. Estava satisfeito por pintar sua vida, não precisava mostrá-la. Viver sua vida, para ele, era pintá-la.

Também acho (e isso eu entendo só agora) que talvez se envergonhasse um pouco do exagero da sua obra, daquele tamanho fora de escala, grotescamente gigante, que se aproximava mais da acumulação de um vício ou de uma obsessão que de um quadro finalizado.

Luis e eu decidimos que, em vez de distribuir fotos com uma carta, seria melhor preparar um folheto mostrando vários segmentos da tela, com uma explicação e alguma imagem de Salvatierra. Também decidimos incluir uma foto do galpão com os rolos suspensos, para que se entendesse a magnitude da obra e do projeto.

Foi muito difícil escolher o enquadramento das diferentes partes da tela, porque Salvatierra pintava sem bordas laterais,

---

* Capital da província de Entre Ríos, no nordeste da Argentina. [N. T.]

obtendo uma continuidade entre as cenas. Isso era uma obsessão para ele. Queria captar na pintura o fluxo de um rio, o fluxo dos sonhos, o modo com que as coisas se transformam em sonhos, com toda a naturalidade, sem que a mudança pareça absurda, mas inevitável, como se encontrasse a violenta metamorfose que se esconde dentro de cada ser, de cada coisa, de cada situação.

Um exemplo disso é o segmento de fevereiro de 1975, que começa com uma festa no meio das árvores, num jardim onde há casais dançando, rindo. Parece haver muito barulho no ar, há alguns bêbados caídos; um homem arrasta uma mulher para os arbustos, dois homens estão prestes a começar uma briga; há um bêbado de uniforme militar, outro de joelhos parece estar sofrendo com algo cravado no estômago; depois há um militar sacudindo uma mulher pelo braço, e mais homens se engalfinhando entre as árvores, uniformizados, lutando abraçados, corpo a corpo, com baionetas e sabres; gente se matando num grande alvoroço, gente caída, morta; e o quadro já é uma batalha no meio da selva. Ao passar assim, da festa à batalha, a pintura nos faz aceitar a transformação como se fosse uma consequência lógica e evidente.

Devido a essa continuidade da pintura, foi difícil escolher enquadramentos para fotografá-la. A tela não tinha bordas, nem mesmo nas extremidades de cada rolo; o fim de cada um se encaixava perfeitamente no início do seguinte. Se pudesse, Salvatierra os teria guardado unidos num único rolo gigante, ainda que fosse impossível de conservar e transportar.

Cada rolo tinha a data e o número escritos claramente no avesso da tela. Um dia antes de irmos embora, quando comecei a organizá-los numa lista, notei que estava faltando um. Faltava um ano inteiro: 1961. As datas anotadas no verso da tela pulavam de 60 para 62. Salvatierra não tinha deixado de pintar um só dia. Era impossível que tivesse deixado de pintar um ano inteiro. Imediatamente, olhamos com desconfiança para Aldo. Ele disse que não fazia ideia de onde poderia estar e, se esse rolo existia, havia muito que não estava ali, pois a ordem com que estavam pendurados não era alterada havia muito tempo. Se tivesse sido roubado recentemente, daria para notar o espaço vazio. Acreditei nele. Meu irmão não.

Tentamos puxar pela memória aquele ano. O que havia acontecido em 1961? Não nos lembrávamos de nada em particular. Naquela época, morávamos numa casa perto do parque municipal. Eu tinha dez anos. Luis, quinze. Minha irmã Estela já tinha morrido. Salvatierra trabalhava no Correio e mamãe dava aulas de inglês... Nada de diferente. Se Aldo não o roubara, o que tinha acontecido com aquele rolo? Onde poderia estar? Será que os ratos o comeram e por isso Aldo o escondeu ou jogou fora? Teria sido roubado por outra pessoa? Será que o próprio Salvatierra o destruíra ou vendera ou dera de presente? Os rolos expostos em Buenos Aires e em Paraná estavam ali. Nenhum daqueles três era o faltante. Ficamos um tempo tentando resolver o problema. Depois tivemos que seguir com o trabalho, pois voltaríamos a Buenos Aires no dia seguinte.

9

Salvatierra tinha vinte e cinco anos e trabalhava no Correio quando conheceu Helena Ramírez, minha mãe. Ela tinha vinte e um e trabalhava na Biblioteca Ortiz, de Barrancales. Salvatierra ia nas manhãs de sábado para ler sobre a vida dos grandes pintores e procurar livros com imagens e gravuras. Na tela daquela época há uma lenta transição entre as cenas noturnas e a claridade da manhã. Primeiro aparecem longas passagens crepusculares onde se veem mulheres negras lavando roupa no rio (o dr. Dávila contava que às vezes, no verão, Salvatierra atravessava de noite com os pescadores até a margem uruguaia, onde eram recebidos por um grupo de lavadeiras). Salvatierra pintou aquela hora em que as primeiras estrelas refletem seu brilho na água e tudo começa a se confundir entre as sombras. Num fragmento, alguém acende um fósforo e, no escuro, vê-se apenas uma mulher sorrindo, provocante, atrás das plantas.

Depois começaram a predominar em sua obra as cenas diurnas, os arredores do povoado ao amanhecer, com longas ruas margeadas por árvores e por onde passam ciclistas sonolentos. Aquelas passagens coincidem com a época em que ele conheceu minha mãe. Há vários retratos dela: primeiro, sentada na sua escrivaninha de bibliotecária, distante, na outra ponta de uma grande sala vazia; depois mais perto, sempre muito luminosa, absorta na leitura. Uma garota com cílios enormes, que só vai levantar a vista muito mais tarde. Mamãe costumava dizer que meu pai era tímido como um preá, e que ficava na outra ponta da sala, folheando seus livros e lançando a ela olhares clandestinos. Dizia que notava quando Salvatierra a estava desenhando porque ela não conseguia ler, seu corpo pinicava, sentia-se desconfortável, consciente demais de si mesma.

10

No último minuto, antes de voltarmos a Buenos Aires, conseguimos que viesse alguém da prefeitura para ver a obra de Salvatierra. Queríamos saber se finalmente resolveriam apoiar o projeto de criar um museu. Se não conseguíssemos o auxílio, estávamos dispostos a fazer algo por nossa conta. O dr. Dávila tinha morrido; desde que ele conseguira que o quadro fosse declarado "patrimônio cultural", já haviam passado dois prefeitos. Agora quem estava no poder em Barrancales era o "Movimiento Andando", partido formado por um ramo peronista que tinha conseguido levar as licitações do Carnaval, aliado a ex-radicais que gerenciavam os subsídios de reflorestamento.

Veio um secretário do diretor de Eventos Culturais que não parava de atender o celular. Mostramos a ele alguns rolos e os esticamos no chão. Eu explicava, mas seu celular tocava e ele atendia. Ia para a porta do galpão falando em voz alta, com frases do tipo "Diga ao pessoal dos desfiles que tem verba". Ele andava em círculos, gesticulava, xingava alguém do outro lado da linha, se aproximava, se afastava. "Mas, mano, esse povo não tem grana nem pra gasolina", dizia. Uma hora, enquanto ouvia alguém falar pelo telefone, desenrolou um pouco mais uma das telas com a ponta do sapato, para olhar. Aquele foi seu único gesto de interesse. Depois, disse que o assunto precisava ser conversado com o prefeito e que talvez fosse possível mandar uma carta ao governo. "Mas já vou avisando que não tem verba", disse. "Arrumar dinheiro é muito difícil. De qualquer forma, apresentem um projeto." Dissemos a ele que já havíamos apresentado. Evidentemente, não sabiam.

Antes de entrar no carro, perguntou se sabíamos que um tal de Baldoni, dono do supermercado vizinho e secretário de Assistência Social, estava interessado em comprar o terreno do galpão. Eu me lembrei da oferta que fizeram à mamãe. O sujeito deu uma olhada no galpão e foi logo propondo que vendêssemos o terreno, que guardássemos a obra em outro lugar que ele poderia nos ajudar a conseguir e que, com esse dinheiro, construíssemos o museu.

A ideia não parecia ruim. Luis lhe deu seu cartão. Combinamos de conversar e ele foi embora. No dia seguinte, voltamos a Buenos Aires e eu só pude retornar a Barrancales vários meses depois.

II

Voltei no final do inverno, quando já havíamos conseguido o apoio da Fundação Adriaen Röell. Passaram-se vários meses, nos quais a única coisa que conseguimos foi entrar em contato com o sr. Baldoni, que nos ofereceu pelo terreno uma quantia ridícula. Como Luis não aceitou, o secretário do diretor de Eventos Culturais lhe telefonou. Era óbvio que Baldoni e ele mantinham contato. Estavam nos oferecendo um lugar alternativo onde guardar os rolos, a meia quadra do rio. Uma zona alagadiça. Luis agradeceu e disse que nós mesmos cuidaríamos do assunto.

Acabei fechando a imobiliária. Enquanto isso, preparamos e mandamos os folhetos para impressão. Começamos a distribuí-los em galerias, fundações e empresas. O designer gráfico fez uma versão digital e Luis a mandou por e-mail para várias instituições estrangeiras. Não demoramos a receber algumas respostas.

Havíamos pensado em diferentes maneiras de expor a tela. Uma delas era unir todos os rolos em um só, que iria passando atrás de um vidro e sendo enrolado em outro carretel. Porém, para isso seria necessário um lugar enorme e, com esse sistema, quando o rolo chegasse ao fim a tela começaria a se enrolar no sentido oposto, como se o tempo retrocedesse. Outra ideia era expor, se não a totalidade da tela, ao menos alguns fragmentos extensos em algum ginásio fechado ou sala de exposição circular, como o Palais de Glace, em Buenos Aires. Outra possibilidade era publicar um livro horizontal, em formato paisagem, com ilustrações desdobráveis.

O início não foi muito animador. Os primeiros interessados na obra de Salvatierra foram uns norte-americanos do *Livro*

Guinness dos Recordes. Luis havia escrito a eles porque pensou que talvez pudessem financiar uma exposição, mas a ideia desse pessoal era esticar a obra inteira no asfalto de uma estrada abandonada e filmá-la de um helicóptero. Diziam que, se nossas informações eram verdadeiras, tínhamos em mãos o quadro mais extenso do mundo e isso poderia nos render um bom lucro. Achamos que Salvatierra não teria gostado da ideia. Ele não pintara sua obra para ser vista de um helicóptero como um prodígio monstruoso. Dissemos a eles que não e ficamos à espera de outras propostas.

(Vi que, nas últimas edições do livro, ainda figura como o quadro mais extenso do mundo uma pintura sagrada tibetana, exposta em Pequim, de seiscentos e dezoito metros, feita por quatrocentos monges budistas. O quadro de Salvatierra tem quatro quilômetros de comprimento e foi pintado apenas por ele.)

Depois de receber algumas ligações de curiosos e propostas falidas de galerias nacionais oferecendo um espaço pequeno, chegou da Holanda a proposta da Fundação Röell. Ficaram interessados na obra porque estavam montando uma coleção de arte latino-americana. Sugeriram primeiro fotografá-la para criar um arquivo digital. Seria divulgada na Europa e, se chamasse atenção, eles poderiam fechar uma compra para transportá-la ao museu da fundação, em Amsterdã. Luis e eu achamos interessante. Estavam dispostos a seguir passo a passo e, além do mais, nos ofereciam uma boa quantia em dinheiro.

Era necessário que alguém estivesse em Barrancales para supervisionar o trabalho de reprodução (escaneamento, digitalização etc.). Falei a Luis que eu estava disposto a ir e inclusive pensava em viajar uns dias antes.

— Pra quê? — perguntou do outro lado da linha, no seu tom de irmão mais velho.

— Vou procurar o rolo que falta.

12

O ônibus chegou quase de noite à rodoviária de Barrancales. Peguei um táxi até a casa, que ainda estava sem luz. Eu tinha as velas que havíamos comprado meses antes, e havia água graças a um telefonema do Luis a um velho amigo da prefeitura, que conseguiu que o abastecimento fosse restabelecido. Nos quartos, fazia um frio úmido que não passava nunca.

Dormi mal à noite, atiçado pelos fantasmas da casa. As roupas e outras coisas de mamãe ainda estavam em sacos plásticos num dos quartos. Ela havia juntado e guardado objetos durante toda a sua vida. Já as coisas que papai deixou cabiam numa bolsa: um relógio, um pincel de barbear, um pente, uma escova de dentes, sete camisas... Pareciam os objetos pessoais de um presidiário. O quadro com a foto do casamento deles continuava pendurado na parede. Os dois muito jovens, assustados, numa daquelas imagens em preto e branco que mandávamos colorir. Haviam se casado no ano de 1940, sem muito apoio das famílias. Minha avó materna não queria que sua filha se casasse com um reles funcionário do Correio que, ainda por cima, era mudo. Meus avós paternos também não queriam que seu filho se casasse com a filha de uma viúva reclusa, desconhecida na sociedade de Barrancales. Mas a iminência do meu irmão Luis, que já estava sendo gestado no ventre da minha mãe, fez com que todos engolissem suas opiniões.

Salvatierra pintou na sua tela a cerimônia — realizada no jardim de uma capela demolida há muito tempo — vista de cima, como se alguém observasse do campanário. As duas famílias estão nos bancos, uma de cada lado do corredor central, separadas. A do meu pai, numerosa, robusta, ocupando espaço demais, com os parentes unidos por grossas veias vermelhas feito raízes; a da minha mãe, rala, etérea, com tias translúcidas e parentes meio distantes chamados de última hora, unidos por fiozinhos de sangue quase invisíveis. Cada emaranhado de veias familiares se une, através das minhas avós, nos meus pais. O padre diz o sermão apontando para o ventre da minha mãe, onde os sangues se entrelaçam. Do braço direito do meu pai cai uma veia que corre sozinha para o rio.

13

Muitas dessas coisas eu observei atentamente nos dias seguintes que passei no galpão, antes da chegada dos holandeses da Fundação Röell. Quando Aldo vinha, ele me ajudava a descer alguns rolos e então eu os esticava no chão e ficava passeando por eles devagar, olhando cada detalhe. Às vezes, sentia que estava conhecendo meu pai pela primeira vez. Havia retratos de pessoas que eu nunca tinha visto: homens de rosto esverdeado bebendo num boteco; velhas mortas havia muito tempo, vestidas de preto, sentadas com severidade; gaúchos antigos, quase vivos nos seus gestos, olhando do fundo de uma tarde no campo, marcando o gado ou trabalhando em grandes carneadas, de pé, com os braços ensanguentados ao lado de uma vaca inteira aberta ao céu. Outras vezes, a pintura me fazia recordar momentos das nossas vidas: cachorros que viveram em casa e dos quais eu já tinha me esquecido, ou o incêndio do ano de 1958 que chegou até o sul de Barrancales. Salvatierra pintou, em quase nove metros de tela, o enorme campo de pasto em chamas, a fumaceira oblíqua, a luz estranha, sagrada, exatamente como a vimos naquela tarde, a família inteira imóvel na beira da estrada.

Eu olhava tudo isso me perguntando muitas coisas ao mesmo tempo. O que era aquele entrelaçado de vidas, de gente, animais, dias, noites, catástrofes? O que significava? Como havia sido a vida do meu pai? Por que ele precisou assumir esse trabalho tão imenso? O que tinha acontecido comigo e com Luis para acabarmos assim, vivendo essas vidas tão cinzentas e tão portenhas, como se Salvatierra tivesse monopolizado todas as cores disponíveis? Parecíamos mais vivos na luz da pintura, em alguns retratos que ele fizera de nós aos dez anos comendo peras verdes, do que agora na nossa vida de cartórios e contratos. Era como se a pintura tivesse engolido nós dois, Estela e mamãe. Todo aquele tempo luminoso e provinciano fora absorvido pela sua tela. Havia algo sobre-humano na obra de Salvatierra, excessivo. Sempre tive dificuldade de começar uma tarefa, às vezes até mesmo as coisas mais simples, como me levantar de manhã. Eu achava que devia fazer tudo da maneira gigantesca do meu pai, ou então não fazer nada. E confesso que muitas vezes optei por não fazer nada, o que também me levou a sentir que eu não era ninguém.

14

Pedi para Aldo me emprestar a bicicleta velha que eu tinha visto no galpão. Troquei as câmaras, mandei encher os pneus e lubrificar. Não subia numa bicicleta desde um daqueles sábados distantes, em meados dos anos 1980, quando meu filho e eu íamos aos bosques de Palermo.

Percorri Barrancales sem rumo fixo, pedalando devagar, comparando a lembrança do povoado onde cresci com a cidade em que agora havia se transformado. Eu não sabia por onde começar a procurar o rolo faltante.

Em relação à totalidade da obra, o fragmento que faltava era mínimo, mas eu queria encontrá-lo porque me incomodava aquela brecha, aquele salto numa obra tão contínua. Se estivessem faltando quatro ou cinco rolos eu não teria me dado ao trabalho de procurá-los, mas, sendo um só, a pintura estava muito perto de alcançar aquela fluidez absoluta buscada por Salvatierra para que eu não fizesse um esforço. O quadro não tinha nenhum corte vertical. Era uma única continuidade, um único rio.

Fiquei dando umas voltas pelo centro. Às onze horas, descobri que estava perto do bairro da catedral e toquei a campainha da casa de umas tias distantes, primas de Salvatierra, que estiveram no velório da minha mãe. Não eram mais as meninas que se despiam nas margens do quadro. Agora, pareciam as matronas espanholas enlutadas que as precederam. Pensei que poderiam me dizer algo. Eu não sabia o quê.

Elas me receberam sem muito entusiasmo. "O retrato vivo do seu pai", diziam, me olhando sem parar. Não estava claro se aquilo era bom ou ruim. Vindo delas, estava mais para ruim. Tentei me arrumar um pouco. Eu estava agitado e desgrenhado pelo passeio de bicicleta. Elas me convidaram para sentar numa sala com cheiro de naftalina. Tentei não fazer muito rodeio. Perguntei a elas se Salvatierra tinha vendido ou dado de presente um rolo da sua pintura. Não sabiam de nada.

— Mas procure naquele galpão, que você pode achar qualquer coisa — me disse uma delas, olhando para outra com um olhar cúmplice.

— Por quê?

— Ah... Aquilo sempre foi um depósito de tralhas.

Não me disseram muito mais. Em seu tom havia um fundo de censura que atribuí ao desprezo geral que a família sempre manifestara pelo meu pai. Antes de poder ir embora, tive que ficar um tempo conversando sobre doenças e remédios pouco científicos. Elas queriam me convidar para tomar chá no dia seguinte, mas, quando falei que tinha um compromisso, não insistiram muito.

Também toquei a campainha da casa do finado dr. Dávila. Sua viúva, desconfiada e arisca, me garantiu, sem me convidar para entrar, que seu marido nunca teve uma pintura de Salvatierra.

— Um rolo — eu disse a ela —, um rolo grande de tela.

— Não, querido, não sei de nada disso — falou, com a porta entreaberta.

De volta ao galpão, dei ouvidos às minhas tias e vasculhei as tralhas. Debaixo da canoa, achei meu velho bote azul. Foi como ver um fantasma. No verão, meu pai nos levava de carroça até o rio com a Tiza, uma égua branca que deixávamos pastando nos terrenos baldios da quadra. Quando chegávamos, ele desamarrava a égua e a fazia andar pela margem, na areia onde iríamos brincar, para espantar as arraias de cauda venenosa. Depois entrávamos na água. Não deixavam que nos afastássemos muito da beira porque o rio tinha poços e remansos traiçoeiros. O bote aguentava apenas meu peso. Amarrávamos uma corda comprida nele. Eu me deixava arrastar rio abaixo. Salvatierra me dizia "tchau" com a mão, brincando que eu ia viajar. Depois me trazia de volta recolhendo a corda, repetidas vezes. Um dia paramos de ir. Minha irmã Estela se afogou enquanto nadava com as amigas perto da ponte velha e mamãe não quis mais que voltássemos ao rio.

Remexendo nas coisas, também encontrei os bancos feitos de tora cortada que Salvatierra distribuía quando seus amigos iam visitá-lo no galpão. Ficavam bebendo até tarde. Às vezes mamãe nos mandava buscá-lo e Salvatierra deixava que ficássemos um pouco, antes de nos mandar de volta. Eu devia ter uns dez anos. Olhava aqueles homens com admiração e medo. Era um grupo que vinha com Mario Jordán, um amigo do meu pai que tinha uma lancha cargueira, a quem Salvatierra emprestava um canto do galpão para guardar mercadorias. Ele tinha um cavanhaque, sempre andava com um revólver *lechucero** na cintura e às vezes vinha com a sanfona. Eram encontros de seis ou sete homens. Alguns, como Vasco Salazar ou um negro chamado Fermín Ibáñez, eram muito calados, meio arredios, mas iam se soltando com o álcool. Alguém pedia a Salvatierra para desenrolar um pouco o quadro e meu pai, depois de se fazer de rogado, punha a ponta de uma tela num carretel que girava livre sobre um pilar, e assim o quadro ia passando lentamente, como uma tapeçaria em movimento. Então, Mario Jordán tocava a sanfona enquanto as imagens iam passando, como os pianistas do cinema mudo. Estavam todos muito bêbados. Riam quando se reconheciam retratados ou, talvez, anestesiados pela lenta correnteza da música, assistiam

---

* Modelo popular de cano curto, muito usado antigamente no meio rural argentino, cujo logotipo era uma coruja, *lechuza* em espanhol. [N.T.]

maravilhados, com os olhos vidrados, às cenas oníricas que meu pai pintara: ilhas, cavalos vadeando o rio, canais, cavaleiros degolados, pântanos com insetos gigantes, batalhas.

Certa noite houve uma discussão. Fermín Ibáñez deu um talho na tela com uma facada e ameaçou Salvatierra. Felizmente Jordán se pôs entre os dois, acalmou os ânimos e a coisa continuou sem problemas até que todos foram embora. Eu me lembro que por várias noites acordei assustado, convencido de que Ibáñez estava no escuro do nosso quarto, parado assim, imóvel como eu o vira, com a faca na mão.

15

O lugar havia sido um dos antigos galpões de tosquia do meu avô. Porém, como a lã não se deu muito bem na região e, com o tempo, o gado bovino, a criação de galinha e os cítricos prosperaram mais, o galpão ficou abandonado, até que meu pai o ocupou nos anos 1940.

Ficava ao sul de Barrancales, perto da trilha do rio, num lugar alto aonde a inundação não chegava. Salvatierra abria o galpão às sete da manhã. Pintava até as dez. Fechava para ir ao trabalho no Correio e voltava a abri-lo às cinco da tarde. Eu ia às vezes, depois da escola, porque gostava de ajudá-lo a preparar a tela.

A preparação levava dois ou três dias, dependendo do clima. Primeiro, ele me mandava cortar cana no taquaral de um terreno baldio que ficava nos fundos, onde agora é o supermercado. O lugar me dava medo porque era escuro e porque a brisa entre as folhas secas fazia com que se ouvissem sussurros mortos e passos invisíveis. As canas serviam para costurar a borda inferior e a superior da tela, e amarrá-las a duas varas antigas de carroça. Fazíamos seções de cinco metros. As madeiras separavam-se lentamente uma da outra e, uma vez que a tela estivesse tensa como a pele de um tambor, nós a cobríamos com duas camadas de cola. Depois, à medida que ia secando, espalhávamos várias camadas de uma pasta de gesso e cal que coávamos antes com uma camisa velha. Essa era a parte de que eu mais gostava: ver como a pasta granulosa estufava a camisa e como saía por baixo o líquido purificado. E aquele cheiro, que só fui sentir de novo em algumas lojas de ferragens da capital. Sempre tínhamos duas ou três telas em diferentes estágios de preparação. Nós as levávamos ao sol para olhá-las contra a luz e descobrir as partes que não estavam cobertas por igual, então voltávamos a aplicar a mistura. Uma vez terminada a preparação, Salvatierra unia os pedaços com uma máquina de costura de pedal até formar um único rolo. Sempre queria ter ao menos um rolo em branco de sobra, para trabalhar tranquilo.

A tela podia ser, no melhor dos casos, lona branca comprada especialmente para pintar; e, no pior, quando o dinheiro só dava para as despesas da casa, sacos abertos de estopa que pedíamos nos silos quando já haviam descarregado os grãos. Entre esses dois extremos, Salvatierra podia fazer sua tela com qualquer coisa: lonas velhas, capas de poltronas, colchas, toldos.

Durante um tempo, no início dos anos 1970, um amigo do Luis que trabalhava fazendo bicos na estação conseguia para ele umas lonas verdes bastante boas. Meu pai estava contentíssimo. Eram lonas para prender carga, conhecidas por serem resistentes. Salvatierra pagava bem por elas e o amigo do Luis foi fazendo uma graninha. Dizia que as ganhava num depósito ferroviário.

Uma manhã, apareceu no galpão um sujeito enorme com um cassetete na mão, perguntando onde estavam as lonas do seu caminhão. Ele batia nas paredes de chapa, ameaçador, fazendo o maior estrondo e dizendo que tinha sido informado de que suas lonas roubadas foram parar ali. Salvatierra — que depois pintou esse caminhoneiro como um ciclope pançudo — fazia sinais para que ele se acalmasse, mas como o sujeito queria uma explicação e meu pai não dizia nada, ele se irritava mais ainda e, para piorar, quando viu suas lonas cortadas pela metade e esticadas, ameaçou quebrar sua cara. Luis precisou explicar a ele que meu pai era mudo. Talvez porque Salvatierra demonstrasse sua inocência mantendo-se tranquilo, o caminhoneiro não bateu nele. Por fim, conseguiram fazê-lo sentar-se e explicaram a situação. O caminhoneiro queria o endereço do garoto para ir atrás dele e Salvatierra teve que mentir, dizendo, por intermédio de Luis, que não sabiam onde ele morava. O cara dizia que, de qualquer maneira, iria procurá-lo na estação, pois foi ali que elas tinham sido roubadas de noite, depois que ele descarregou a carreta. Meu pai me fez ir buscar dinheiro em casa para pagar as lonas dele. O caminhoneiro foi embora contando as notas.

Salvatierra mandou chamar o garoto. Quando ele apareceu de bicicleta, meu pai o agarrou pelo braço e o obrigou a caminhar pela rua. Fez sinais para eu ir com eles. O garoto me olhava, assustado, para ver se eu explicava o que meu pai estava fazendo.

— Pra onde ele está me levando? — me perguntou.

Salvatierra fez o gesto de segurar a aba de um quepe invisível.

— Pra polícia — eu disse ao garoto.

— Por quê?

Salvatierra fingiu que enfiava uma luva e fechou os dedos da mão, um a um. Não precisei traduzir.

— Não vou roubar mais, eu juro, senhor — dizia, desesperado.

Paramos na esquina. Salvatierra o olhou nos olhos, apontou para ele, levou a mão ao ombro como se carregasse algo e apontou para o próprio peito.

— Está dizendo pra você trabalhar pra ele.

O garoto aceitou. Salvatierra o pegou como moleque de recados durante algumas semanas, depois arranjou um emprego para ele no Correio, onde ficou por quinze anos até entrar na prefeitura. Atualmente, tem um cargo importante lá, onde faz um trabalho não muito diferente do que fazia com as lonas. Esse era o amigo do Luis que conseguiu para nós o restabelecimento de água quando passamos uma semana em Barrancales.

Deve haver centenas de metros da obra de Salvatierra pintados em lonas roubadas dos caminhões que descarregavam mercadorias na estação de trem no início dos anos 1970.

16

Os holandeses chegaram uns dias depois que comecei a procurar pelo rolo faltante. Chamavam-se Boris e Hanna. Chegaram numa caminhonete Traffic alugada, trazendo um enorme scanner do Museu Röell para digitalizar quadros em tamanho original. Hanna, com suas sandálias e camisões étnicos, parecia mais disposta a encarar a aventura latino-americana do que Boris, mas partiu pouco depois para Misiones, supostamente porque não era necessária no trabalho. Acho que ela fugiu das famosas baratas do Gran Hotel Barrancales.

A missão era escanear vários trechos da tela, enviá-los digitalizados à Holanda e então esperar instruções. O trabalho foi feito por Boris e Aldo, que se entenderam bem, apesar de não conseguirem trocar uma palavra. Era impressionante vê-los juntos: Boris espigado, com sua careca rodeada por uma cortina de cabelo loiro e comprido; Aldo, atarracado, com seu cabelo preto e crespo. Os dois desciam os rolos enormes e iam colocando-os no scanner, que copiava dois metros de tela a cada cinco minutos. Ajudei-os no primeiro dia, mas logo percebi que estava atrapalhando, porque eu ficava no meio do caminho quando eles passavam carregando um rolo ou porque precisavam corrigir como eu tinha disposto a tela na máquina. Então fiquei de fora, de braços cruzados, ao lado de Hanna, que provavelmente sentia a mesma coisa.

Conversei um pouco com ela, à sombra do galpão, enquanto os outros trabalhavam. Mostrei como se tomava chimarrão e respondi às perguntas que ela me fez sobre Salvatierra e o rio. Hanna me contou, num castelhano que parecia pronunciado ao contrário, sobre sua pós-graduação em arte barroca americana, seu interesse pela influência jesuítica, seu trabalho com Boris apesar da separação deles. Não vou negar que fantasiei um encontro sexual furtivo com aquela mulher tão linda, mas não aconteceu nada. Nem eu tentei, nem acho que estivesse nos seus planos de exotismo latino-americano ir pra cama com um cara como eu. No dia seguinte, Hanna foi conhecer as ruínas de San Ignacio, em Misiones.

17

Quando o serviço já estava encaminhado, decidi ir ao edifício do Correio onde Salvatierra trabalhara por tantos anos. Ele entrou ali em 1935, levado por um irmão do meu avô que não suportava vê-lo vadiar pelo rio sem fazer nada de útil. Meu avô não o mandou para a escola, havia aceitado que ele não teria o espírito fazendeiro dos irmãos e deixava que perambulasse longe da sua vigilância estrita, talvez esperando que as consequências dessa falta de interesse viessem por si sós. Mas, ao contrário do que todos imaginavam, meu pai não se deu mal na vida. Graças à insistência pedagógica das primas, Salvatierra tinha uma caligrafia e uma ortografia impecáveis, e redigia cartas bastante bem. Na verdade, era muito mais letrado que meus tios, cujo talento como ginetes ou laçadores foi de pouca serventia na hora de administrar as terras que primeiro herdaram e que depois, falidos, tiveram que vender. Salvatierra começou no Correio como assistente de um funcionário e, com o tempo, foi conquistando seu espaço.

No antigo edifício, me receberam com desconfiança. Perguntei para diferentes funcionários se eles se lembravam de Juan Salvatierra ou se sabiam de alguém que havia trabalhado ali antes de 1975, ano da sua aposentadoria. Foram me passando de uma pessoa para outra, entre corredores lúgubres, portas altíssimas e salas enormes. Nossas vozes soavam diminutas ali dentro, desproporcionais, como se fôssemos anõezinhos ocupando agora um edifício que pertencera a uma raça de gigantes.

Num escritório, fui recebido por uma mulher mais velha, ossuda. Ela olhou para mim com olhos verdes e grandes, chupando um cigarro. Quando me apresentei, ficou muito emocionada, disse que agora entendia por que, ao me ver, meu rosto lhe pareceu familiar. Ela me falou para entrar e ficamos um tempo conversando. Chamava-se Eugenia Rocamora e tinha começado a trabalhar ali aos vinte anos. Ela me mostrou o escritório que havia sido de Salvatierra (eu já conhecia, porque ele tinha me levado algumas vezes quando criança). Contou-me como todos o respeitavam e gostavam dele. Mostrou-me uma fotografia antiga dos funcionários do Correio, na escadaria da entrada, em que Salvatierra aparecia sorrindo.

— Esta sou eu. Olhe como eu era linda — disse, e me olhou com um ar de simpatia e tristeza.

Realmente dava para ver que havia sido uma mulher bonita.

Quando perguntei se sabia algo sobre a pintura de Salvatierra, se ele alguma vez lhe contara que daria uma parte de presente a alguém, ela disse nem saber que Salvatierra pintava. Acompanhou-me até a saída e, no caminho, mostrou uma placa com muitos nomes, incluindo o do meu pai. Eram os funcionários aposentados que haviam trabalhado no Correio por mais de cinquenta anos.

18

Na rua, fui pego pelo cansaço. Pedalei sem vontade até os limites da cidade, onde as ruas pareciam pintadas por Salvatierra: os botecos de paredes descascadas, o povo tomando a fresca na calçada, as árvores podadas feito cotocos e as vacas amarradas, pastando entre os canais. Às vezes, passávamos por ali quando ele me levava, sentado no guidão da bicicleta, da nossa casa perto do parque municipal até a escola.

De repente, numa quadra não asfaltada, um cachorro preto latiu para mim, querendo morder meus pés. Vi que um velho de cavanhaque branco ralhava com ele da porta de casa. Segurava uma mala. Olhei bem para ele, pois me chamou a atenção. Parecia Mario Jordán, amigo do meu pai. Então, me aproximei e disse, entre os latidos do cachorro:

— O senhor é Mario Jordán?

— Sim.

— Eu sou Miguel Salvatierra, filho do Juan Salvatierra.

— E aí, como vai?

Jordán estava de camiseta, calça e alpargatas. Tentava fechar uma mala cheia de coisas. Devia ter uns oitenta anos.

— Está de saída? — perguntei.

— Sim — disse, olhando para os dois lados da rua. — Pode me dar uma mão?

Ele me deu a mala e eu a apoiei no guidão. Fomos caminhando juntos, devagar.

— Pra onde vamos?

— Pra lá, virando o cemitério.

De tanto em tanto, olhava para trás.

— Vamos rápido que andam me seguindo — disse, e tentou em vão acelerar o passo.

Eu me virei, mas não vi ninguém.

— Quem anda seguindo o senhor?

— Alguém a quem devo dinheiro. Não olhe pra trás.

Caminhava quase arrastando os pés, levantando às vezes a mão para indicar a direção que devíamos seguir, como se quisesse agarrar o ar para ir mais rápido.

— O senhor se lembra de Salvatierra? — arrisquei perguntar.

— Como não vou me lembrar? — respondeu, meio irritado, e não disse mais nada até a esquina.

— Lembra que ele pintava?

— Ahã.

— E não sabe se ele deu de presente pra alguém um rolo da sua pintura?

— Agora tem umas lanchas novas, mais rápidas, mas vamos até a estação — disse.

Repeti a pergunta.

— Já vamos ver — falou —, já vamos ver.

Eu estava começando a me impacientar. Tinha sido um erro acompanhá-lo. Agora o velho queria ir à estação de trem.

— Mas o trem parou de passar, Jordán — disse a ele.

— Agora voltou. Às seis e meia tem um.

Deixamos a bicicleta apoiada na parede de tijolos e subimos os degraus da estação. Havia capim crescendo entre as rachaduras do chão de concreto. Estava tudo fechado. Não havia ninguém. Fazia quinze anos que o trem não passava. Ele me fez pegar a mala e depositá-la ao lado da plataforma. O mato quase cobria as vias.

— Vamos embora, Jordán, o trem não passa mais — disse a ele.

— Às seis e meia passa um. Você tem relógio?

— Sim, são quase sete horas — menti.

— Tudo bem. Às vezes se atrasa um bocadinho.

Eu não sabia o que dizer. Resolvi entrar na brincadeira.

— E o senhor, vai viajar assim, de camiseta?

Ele se olhou e disse:

— Puta que pariu, não vão me deixar subir no trem desse jeito. Pode me emprestar sua camisa?

Falei que não, então ele quis abrir a mala para ver se tinha trazido algo que pudesse vestir. A coisa se estendeu e já começava a anoitecer. De repente, ouvimos uma voz chamando "Vô". Jordán ficou imóvel.

— Acho que estão chamando o senhor.

— É aquela enxerida — disse sem olhar para ela.

Uma moça se aproximou. Pediu desculpas e disse que ele fugia de vez em quando. Falei que Jordán tinha sido amigo do meu pai e eu queria lhe fazer algumas perguntas.

— Venha vê-lo de manhã. Costuma estar menos perdido — disse. Pegou a mala e saiu levando Jordán pelo braço.

Dei uma volta pela estação, mas logo fui embora. Ver tanto abandono começou a me entristecer.

19

Salvatierra podia passar horas sem pintar, parado em frente à tela, ou perto da salamandra de ferro que aquecia um canto do galpão nos meses mais frios, ou às vezes sentado numa poltrona de barbeiro que comprara num leilão. Ficava pensando, imóvel, talvez premeditando o que iria pintar. De repente, uma mosca passava voando ao seu lado e ele a pegava no ar com um tapa. Nunca falhava.

Sintonizava a rádio local, onde tocavam chamamés, polcas paraguaias e chimarritas, entre vozes de locutores que repetiam sempre os mesmos comerciais e os comentários infinitos do Carnaval.

Com esse som de fundo, ele ficava às vezes com a cabeça escondida entre as mãos. Quem não o conhecesse poderia pensar que estava deprimido, mas estava apenas absorto no seu trabalho. De repente, levantava e começava a traçar umas linhas. Ou, então, folheava livros de gravuras e ilustrações que juntavam poeira numa estante. Com o tempo, foi formando uma biblioteca de arte, especialmente depois dos anos 1960, quando começaram a ser impressas reproduções coloridas. Eu me lembro de uma coleção chamada *La pinacoteca de los genios*. Ele gostava de artistas muito diversos, Velázquez, as naturezas-mortas de Zurbarán, Caravaggio (tinha um pôster da conversão de São Paulo pregado com um percevejo num pilar do galpão), Degas, Gauguin, Cándido López, até mesmo as metamorfoses de Escher, fotos de frisos romanos, afrescos minoicos. Interessava-se pelas pinturas medievais, onde um mesmo personagem aparece várias vezes ao longo de uma paisagem.

Ficava horas olhando aqueles quadros. Sei que estava constantemente tentando aprender. Absorvia tudo o que lhe servisse, com uma liberdade absoluta, transformando-o em algo seu. Salvatierra não teve a oportunidade de ir a museus. Aqueles livros eram uma forma de continuar estudando.

Às vezes, punha-se a procurar algo numa mesa grande que havia sido de uma empresa de tabaco, sobre a qual juntava folhas secas, insetos, ilustrações, ossos, coisas encontradas ou trazidas pelo rio: raízes, madeiras gastas, pedras redondas de boleadeiras indígenas, fragmentos de vidros coloridos, de tudo. Ele pegava um objeto e o estudava de perto para pintá-lo em algum lugar da tela.

Lembro que uma tarde, depois de uma tempestade, saímos para dar uma volta e eu achei um besouro de chifre comprido, daqueles chamados de "*toritos*", que vinha passando pelo barro do caminho. Levei-o para o galpão e no dia seguinte vi que Salvatierra o pintara gigante, ocupando toda a altura da tela. Ao ampliar seu tamanho (ele às vezes olhava as coisas com uma lupa), captava muito bem o aspecto de máquina fria que alguns insetos têm. Aquele besouro parecia um encouraçado, com patas serrilhadas, olhos pequenininhos e cruéis e aquele chifre enorme que funcionava como uma pinça para erguer suas presas, um chifre evidentemente assassino na cabeça de um corpo compacto.

Esses estudos de plantas ou de insetos pareciam os esboços de Deus antes da criação. Primeiro surgia o estudo, detalhado — por exemplo, de uma libélula —, como se ele a estivesse inventando, incluindo-a pela primeira vez no universo da sua tela. Desenhava-a em diferentes cores, de cima, de baixo, de frente. Só mais tarde, depois de algumas semanas, quando ele já parecia ter se esquecido do assunto, a libélula ressurgia sozinha, com toda a naturalidade, já menor, viva, integrada ao ambiente de uma cena.

Sempre estranhei como as coisas apareciam e desapareciam da obra. A tela era uma longa intempérie de onde os seres podiam partir e ressurgir tempos depois. Na música costuma ocorrer algo semelhante, com temas que reaparecem com variações. Certa vez, Salvatierra pintou um filhote de lebre que eu havia encontrado e, mais tarde, embora a lebre tenha morrido, ele a pintou dormindo no meio do capim. "É a minha?", perguntei, e ele assentiu, balançando a cabeça. "Onde ela tinha se escondido?", falei, e ele apontou para as tintas e os pincéis.

Talvez por causa desse aspecto de intempérie ilimitada que a tela tinha, é difícil chamá-la de *quadro*, pois *quadro* é uma palavra que sugere uma moldura, uma cerca que resguarda alguma coisa, e é exatamente isso que Salvatierra queria evitar. Estava interessado na falta de bordas, de guarida, na comunicação inevitável entre os espaços. Na sua obra, os limites estão difusos, cada criatura parece à mercê das outras, aprisionada na crueldade da natureza. Todos são presas. Inclusive os humanos.

Salvatierra queria dar a impressão de que, uma vez incluída na pintura, uma criatura podia atravessar o espaço pintado, avançar pela tela e reaparecer. Ninguém está protegido. Nem mesmo as cenas na privacidade de uma casa conseguem estar isoladas ou seguras, há sempre alguém à espreita na penumbra, espiando, ou um homem que dorme enquanto a fauna doentia dos seus pesadelos vai entrando pelos espelhos do quarto. Não existe "dentro", não existe casa, todos estão desamparados nesse território de cores que nunca termina.

Salvatierra pintava diariamente. Todo sábado ele punha a data em azul no rodapé do ponto aonde tinha chegado. Havia semanas em que pintava até cinco metros e, em outras, pintava um. Nunca menos. E isso variava conforme o grau de detalhe que cada segmento tinha. Mas nunca parava, porque para ele a própria tela não parava. Essa parecia ser sua maneira de exorcizar o bloqueio. Era como se a tela fosse se desenrolando sozinha para sempre, de um modo que ele não podia evitar. Não se permitia voltar atrás. Se não gostava de algo que havia pintado, tornava a pintá-lo mais adiante com alguma variação, mas não corrigia por cima. As coisas pintadas eram inalteráveis, como o passado.

Às vezes, na tela, essa força que empurra para a frente como uma torrente é tanta que as coisas começam a se inclinar, a perder peso. Há partes onde as figuras estão pintadas na horizontal, arrastadas pela correnteza da vida, como se a força do tempo superasse a força da gravidade.

Esse desequilíbrio começou a ficar mais evidente depois da morte da minha irmã, em 1959. Primeiro Salvatierra passou a pintar recantos rurais bastante sinistros, muito solitários, entre inhanduvás e espinilhos. São cenas saturadas, em que cada centímetro parece estar cruelmente vivo. Numa delas, uma menina está parada imóvel e hordas de formigas sobem pela sua perna, um enxame de vespas lhe rodeia a cabeça e cobre seu rosto. Todo o espaço é uma competição de seres que se picam e se comem, que usam uns aos outros para sobreviver e se reproduzir.

Depois, Salvatierra começou a pintar minha irmã de um modo menos doloroso: afogada, como se dormisse, purificada pelo rio, uma Ofélia de águas quentes e turvas. Salvatierra queria pintar a força do rio na sua tela, e o rio lhe pedira em troca sua filha de doze anos. O rio a levava devagar, porém implacavelmente, sem que ele pudesse detê-lo. E foi assim que a pintou: Estela afogada no remanso dos salgueiros; Estela entre os peixes monstruosos, seu cabelo enredado nos juncos da margem, o vestido pesado, as pálpebras na correnteza calma; Estela quase imperceptível sob a superfície, entre as nuvens do reflexo na água.

É aí que tudo começa a se inclinar pelo vendaval das horas, as pessoas aparecem na horizontal, empurradas pela correnteza invisível, as árvores se despenteiam lateralmente, os animais, a chuva, tudo cai para o lado sem poder parar. Até que depois começam a girar de ponta-cabeça, a virar para baixo, e num momento de desequilíbrio absoluto, em que acredito que meu pai deve ter beirado a loucura, esse universo se inverte, a paisagem dá uma cambalhota, o céu fica embaixo e a terra em cima, como se meu pai voltasse a ver o mundo da perspectiva do medo de estar pendurado no estribo de um cavalo que galopa desenfreadamente entre as árvores.

20

Não havia campainha na casa de Jordán, então eu bati palmas. Um cachorrinho caramelo se aproximou curioso. Depois apareceu o cachorro preto do dia anterior. A casa ficava nos fundos de um terreno. Era uma construção quadrada, de dois cômodos, com o cimento sem reboco. Ao lado havia uma parreira para dar sombra. Eu estava quase indo embora quando ouvi um espirro. Jordán estava ali dentro, mas não tinha me ouvido. Chamei. Não respondia. Então, abri o portão e entrei. O cachorro me atacou entre rosnados e tratei de andar sem olhar para ele. Quando cheguei à casa, puxou a barra da minha calça. Comecei a gritar "sai fora", mas ele não soltava. Então Jordán apareceu, todo descabelado. Enxotou o cachorro e me olhou com uma cara de susto.

— Eu sou o Salvatierra, está lembrado?

— Ahã.

— Desculpe entrar assim, mas estava batendo palmas e...

— Entre de uma vez — falou.

Entramos num dos cômodos, onde ficava a cozinha. Um lugar sem luz, com uma mesa e algumas cadeiras. Na parede havia um espelhinho redondo e um calendário com fotos de gineteadas. Eu me sentei e ele foi esquentar água para o chimarrão. Vi que sua mão direita estava enfaixada. Enquanto a água esquentava, ele sentou-se na outra ponta da mesa.

— Não faz mais sanfonas? — falei, para quebrar o gelo.

— Não — respondeu, tirando algo de trás da cadeira. — Agora faço espingardas.

Estava apontando uma espingarda de cano duplo para mim. Uma vez, em Buenos Aires, me roubaram num táxi e me apontaram uma arma, mas eu não vi, pois ela estava nas minhas costelas. O sujeito devia ter sido policial, tinha cabelo curto e estava muito calmo. Agora era diferente. Um velho maluco, com tremedeira nas mãos, mirava meu rosto com uma espingarda de matar capivara.

Comecei a me levantar, dizendo a ele que tivesse cuidado.

— Sente aí ou eu estouro teus miolos — disse.

Sentei e ele ficou me olhando.

— Então quer dizer que é Salvatierra... Continua procurando aquilo, não é?

— Procurando o quê? — perguntei.

— A pinturazinha.

— Sim. Mas por que não baixa a espingarda, Jordán? Vamos conversar numa boa, por que aponta para mim?

— Você está me devendo.

— Devendo?

— Um merda de um pau-mandado, isso é o que você é.

— Não sei do que você está falando. A espingarda está carregada?

— Cartucho Orbea calibre 16. Dois tiros. Um pra te fazer sofrer, outro pra te matar.

— Fique tranquilo, seu Jordán. Estou de saída. Amanhã sem falta eu trago o que o senhor diz que estou lhe devendo. Combinado?

— Combinado uma ova! — respondeu, bravo.

Fiquei parado e quieto. A água já estava fervendo. Jordán tinha o dedo no gatilho. Mirava minha cabeça e, por causa do peso, o cano ia desviando para meu estômago. De tanto em tanto, ele voltava a levantar.

— Traidor. E ainda por cima mentiroso. Quer dizer que o mudo não era tão mudo.

— Não sou o Juan Salvatierra, Jordán. Eu sou o Miguel, filho dele.

— E eu sou o general Perón! Você me deve meia carga do cavalinho branco que ficou no teu galpão.

— Que cavalinho branco? — falei.

— Não se faça de sonso, Juan. Você quer sua pintura, eu quero meu cavalinho branco.

— O senhor tem a pintura?

— Não. Mas sei quem tem. Traga meu uísque, depois a gente vê.

— Quanto de uísque?

— As quarenta caixas que você me deve.

— Certo, amanhã eu lhe trago — disse, e comecei a me levantar.

— Fique sentado.

Sentei de novo.

— Sabe por que tenho vontade de te matar? Desde quando nos conhecemos, Juan?

— Desde quando? — perguntei.

— Desde guris. Éramos como irmãos. O dia inteiro juntos no rio. Fomos sócios. Depois você quis pular fora. Eu segurei as pontas, não foi?

Fez uma pausa para que eu respondesse, mas não respondi.

— Sabia que o Ibáñez e o Vásquez queriam te liquidar?

— Não.

— Acertei com eles pra te deixarem em paz. Mas quando você fechou o galpão pra mim... aí me deu mais raiva, chê. Não sei por que te perdoei.

O velho ficou quieto, me olhou nos olhos e depois disse:

— Por isso você me deve muito mais que o cavalinho, Juan. A vida, você me deve.

Não falei nada. Nisso, ouvimos que alguém se aproximava arrastando os chinelos. Era a neta do Jordán.

— Vô! De novo aporrinhando com essa espingarda! — disse ela, e a arrancou dele com se arrancasse o brinquedo de uma criança. Olhou para mim, tirou a água fervendo do fogo e disse:

— Ele estava assustando o senhor com a espingarda? Não se preocupe — sussurrou —, meu irmão limou o percussor. Deixa eu ver essa mão, vô — disse em voz alta, conferindo seu curativo. — Já andou mexendo. Tem que deixar quieta a faixa. E cuidado com essa panela que está com o cabo frouxo, vê se não vai se queimar de novo.

— Já vou indo. Até logo — disse, e saí depressa.

O cachorro voltou a tentar me morder, mas agora, depois de ter passado tanto medo de morrer, quase simpatizei com ele.

21

Pedalei até a cabine telefônica para ligar para o meu irmão. Não sei por quê, mas só depois do susto comecei a tremer. Quase não conseguia discar os números. Quando o Luis atendeu, falei que tinha me encontrado com Jordán. Ele mal lembrava quem era. Contei todo o episódio. Expliquei que o rolo faltante havia sido roubado por Jordán como vingança, pois Salvatierra não lhe deixara mais usar o galpão para armazenar mercadoria contrabandeada. Luis não entendia nada. Eu estava ansioso e falava muito rápido. "Acho que o papai foi contrabandista", continuei, e Luis ficou bravo, disse que eu estava louco, que tivesse mais cuidado com o que dizia, e perguntou de onde eu estava telefonando. Foi uma conversa absurda.

Quando cheguei em casa, não conseguia parar de pensar. Mamãe me olhava do seu retrato. Ela nunca quis nem ouvir falar da turma do Jordán. Quando sabia que eles estavam no galpão, mandava a mim ou meu irmão até lá buscar Salvatierra. Sempre se opôs a essas amizades. Salvatierra conhecia aquela gente desde a infância e deve ter sido difícil se afastar deles. Por fim, minha mãe conseguiu que Salvatierra os impedisse de usar o galpão. Tinha um poder de convicção lento e gradual, mas invencível a longo prazo.

Ela dizia que era descendente do caudilho Francisco Ramírez. Nunca pude traçar direito a árvore genealógica desse lado da família. Meu avô materno morreu logo depois que minha mãe nasceu. Supostamente, era sobrinho-neto de Ramírez. Nunca saberemos. A questão é que mamãe atribuía para si esse parentesco e, às vezes, o modo como tratava meu pai e a nós parecia corroborá-lo. Com os anos, foi ficando cada vez mais seca e severa. A morte da minha irmã a endureceu para sempre. Nunca mais a vimos sorrir.

Salvatierra costumava obedecê-la, desde que não o incomodasse na sua tarefa de pintar a tela. Será por isso que Jordán, achando que falava com meu pai, me chamara de "pau-mandado"? Jordán e sua turma seriam contrabandistas? Quatreiros? Ladrões de cavalos? E Salvatierra alguma vez fora seu parceiro? Meu pai tinha sido contrabandista?

Tentei fazer a sesta, mas não consegui. Fiquei me remexendo na cama enquanto iam caindo as fichas do que o velho tinha me dito, como se fundeassem lentamente nas imagens da tela e em tudo o que eu sabia de Salvatierra.

Pude concluir que meu pai havia trabalhado com eles alguma vez, em algum assunto obscuro, provavelmente contrabandeando caixas de uísque White Horse. O galpão deve ter sido um lugar bastante seguro para esconder mercadoria de contrabando porque ninguém suspeitava de Salvatierra, um homem mudo, funcionário do Correio e tão honesto. Exceto, talvez, minhas tias distantes, de quem eu agora recordava a desaprovação do outro dia: "Naquele galpão você pode encontrar qualquer coisa".

Jordán deve ter se sentido traído quando meu pai fechou as portas do galpão para ele e, quem sabe por isso, pensei, roubou um rolo da sua pintura. Estava claro que Salvatierra em algum momento foi reclamá-la e Jordán não quis lhe dar. Ou talvez não estivesse com ela. Ibáñez e Vasco Salazar quiseram matá-lo. Eu me lembrei da vez em que o negro Fermín Ibáñez tinha dado um talho na tela. Calculei que eu devia ter presenciado esse episódio aos dez ou onze anos. Fiz onze em 1961: o ano do rolo que faltava. Fui ao galpão para ver se encontrava a tela talhada.

Boris e Aldo não estavam lá. Só voltariam a trabalhar depois das três. O holandês tinha se adaptado rápido à pausa das sestas. Até que chegassem, não pude descer mais de um rolo. Desci o de 1960, estiquei-o devagar, mas não vi nenhum talho ou remendo na tela. Em alguns trechos havia retratos da minha irmã afogada. Vê-los me deixou muito impressionado, porque parecia viva, nadando com seus olhos fechados, deixando-se levar pela água. Eu tinha nove anos quando Estela morreu, e me lembro dela apenas como alguém que brincava pela casa e que deixava mamãe brava porque não comia. Tenho duas fotos dela em preto e branco. Sempre igual e congelada naquele instante. Fotos que, de tanto vê-las, já quase não me dizem nada. Por isso fiquei impressionado de vê-la em cores e com aquela habilidade de Salvatierra para captar em poucos traços o que amava, como se tudo estivesse vivo. Porque suas imagens deslizam, escapam, não são estáticas, elas fluem rumo a algum final, a sua própria dissolução na paisagem.

Quando Aldo chegou, me ajudou a descer as telas de 1959 e 1962. Nenhuma das duas tinha talhos ou remendos. Eu tinha quase certeza: a tela que faltava era a que Ibáñez talhara.

22

No dia seguinte, entrei no supermercado vizinho ao galpão e percorri a gôndola de bebidas. Tinha Chivas, mas não White Horse. Além do mais, meu dinheiro só dava para uma garrafa. Mas, se eu queria informações, não podia aparecer na casa do Jordán de mãos abanando, por isso comprei.

Do lado de fora havia um caminhão bloqueando o trânsito ao tentar entrar de ré num depósito. Fiquei olhando, pois era impossível fazer aquele caminhão entrar ali. Um sujeito barrigudo, com camisa de mangas arregaçadas, se aproximou de mim. Era Baldoni, o dono do supermercado.

— Quando vai me vender aquele galpão, Salvatierra? — ele me perguntou.

— Olha... A coisa está complicada.

— Quer passar no meu escritório e conversamos com mais calma?

— Estou com um pouco de pressa.

— Como quiser. Mas veja que estamos precisando de espaço pra carga e descarga... Quanto querem pelo terreno? — disse, sem rodeios.

— Tiramos o galpão de venda. Agora tem gente trabalhando lá, numa obra do meu pai.

— Sei... Uma estátua, algo assim?

— Um quadro.

— O Gordo me contou por cima.

"O Gordo" devia ser o secretário de Eventos Culturais. Como não falei nada, Baldoni olhou para o lado e disse:

— Ofereço a vocês dez mil pesos pelo terreno.

Não estava nada mal. Baldoni ficou me olhando.

— Bem — disse eu —, o senhor sabe, eu tenho uma imobiliária... e essa oferta...

— Em Buenos Aires?

— Isso.

— Mas não vá comparar os preços da capital com os daqui.

— Não, mas... — eu disse, sem explicar. — De qualquer forma, quando o trabalho terminar, imagino que vamos tirar as coisas de lá, então poderemos vender.

— E quanto falta pra isso?

— Bom... ainda falta.

Baldoni sorriu, um pouco irritado. Nos despedimos e eu fui embora com a garrafa numa sacola, pendurada no guidão.

23

Jordán estava debruçado na cerca, de óculos e bem penteado. Os cachorros não latiram.

— Bom dia — disse eu, certificando-me de que a espingarda não estava por perto.

— Bom dia — disse ele, e ficou me olhando sem me reconhecer.

— Eu sou o Miguel Salvatierra. Miguel — expliquei —, filho do Juan Salvatierra.

— Ah! Como vai, chê? — disse, estendendo a mão por cima da cerca.

— Trouxe aqui pro senhor uma garrafinha que meu pai estava lhe devendo.

Entreguei a garrafa e ele pegou, assustado.

— Faz anos que eu não bebo. Te agradeço, mas pode levar embora. Se minha neta vê isso, ela arma o maior barraco.

Fiquei ali parado com a garrafa na mão, sem saber o que dizer. Hoje ele parecia estar mais lúcido.

— Jordán, o senhor se lembra da pintura de Salvatierra?

— Sim. Aquela pintura comprida que ele ia fazendo nuns rolos?

— Isso. O senhor sabe que está faltando um rolo?

— Mas isso quem deve ter é o Ibáñez.

— Fermín Ibáñez? O negro?

— Isso, o negro. Tem que ver se ainda está vivo. Porque deve ter uns quantos anos.

— E onde posso encontrá-lo?

— Morava pelos lados do rio. Perto da cancha de bocha. Às vezes, ele passava por ali quando estava fechada, dizem que andava aos gritos, fazendo apostas no ar, falando sozinho.

— Fazia apostas e não tinha ninguém?

— Ninguém! Mas também, aqui tem cada velho louco.

— E o senhor acha que o Ibáñez está com a pintura?

— Foi ele que roubou — disse Jordán, dando risada. — Queria botar fogo nela. Falei que era melhor vender... queimar pra quê? Venda, vai fazer uma grana. Mas o Ibáñez era meio burro.

— E por que ele roubou?

— Vai saber. Coisa de moleque.

— Moleque? Tinham mais de quarenta anos quando isso aconteceu.

— Ah, é? Então deviam estar mamados. O Ibáñez vivia mamado.

— Há quantos anos deve ter sido isso?

— Sei lá. Uma penca de anos. Nunca mais vimos o Salvatierra. Fomos pro Uruguai porque aqui os milicos andavam atrás de nós. Queriam expulsar os pescadores. Por vagabundagem, diziam.

Ficamos em silêncio. Os cachorros tinham dormido a seus pés.

— Em que ano teu pai morreu? — Jordán me perguntou.

— Em 1990.

— Quantos anos ele tinha?

— Oitenta e um.

— Veja só. A gente se conhecia desde guri.

— E quando o Salvatierra trabalhou com o senhor, em que trabalhavam?

— Fazendo bicos.

— Bicos?

— É — disse ele, sem rir. — Eu tinha uma lancha grande e a gente levava cal da pedreira do Berti ou couro do curtume Peluffo. Lã. O que fosse.

— É mesmo?

— Sim... Quer entrar pra tomar um chimarrão?

— Não, seu Jordán, obrigado. Só estava passando.

Nos despedimos.

Fui até o rio pedalando pelas ruas de terra, entre valetas e filas de casas baixas, me esquivando de buracos, com a garrafa pendurada no guidão, que tilintava contra o cano da bicicleta. A região estava abandonada, decaída, não parecia haver casas novas. Não passava ninguém. Os cachorros dormiam no meio da rua. Cruzei o parque Ortiz, onde jogávamos futebol. O salgueiro retorcido sob o qual Salvatierra se sentava quando vinha nos ver jogar continuava de pé. As trilhas e os canteiros tinham desaparecido, a grama estava sem cortar, era um terreno baldio. Um potrinho zaino coçava o pescoço na trave do gol.

24

O holandês e o Aldo já haviam escaneado quase a metade da tela. O holandês me explicou que enviara ao museu por e-mail algumas das imagens digitalizadas, e que tinha boas notícias: o museu havia decidido comprar a totalidade da obra. Ao contrário do que eu esperava, a notícia me deixou muito triste. Ela não seria mais nossa. Deveríamos ir preparando a documentação para poder retirar a obra do país. Até que ela estivesse pronta, Boris deveria continuar com seu trabalho de digitalização. Embora ele pudesse terminar de ser feito na Holanda quando o quadro já estivesse lá, haviam dado instruções a Boris para que seguisse trabalhando. Queriam que estivesse copiada a maior quantidade possível antes da sua volta, pois planejavam fazer uma mostra de pintores latino-americanos numa bienal. Não faltava muito. Trabalhando dois turnos de cinco horas, Boris e Aldo conseguiam cobrir duzentos e quarenta metros de quadro por dia, isto é, em torno de quatro rolos. Calculamos que faltaria pouco mais de uma semana para terminarem. Mas talvez conseguíssemos retirar a obra antes.

Falei com Luis. Era preciso pesquisar a questão dos impostos na alfândega, ver se obras de arte eram tributadas e quem sabe fazer algum pedido formal. Ele falou que ia cuidar disso.

— Encontrou o rolo que faltava? — me perguntou.

— Não — eu disse —, mas já sei com quem está.

25

De tarde fui até a orla, já decidido a procurar Ibáñez. Teria que perguntar pelo seu nome ou por "um pescador negro". Não me lembrava do seu rosto. Além disso, devia estar velho, muito mudado para que eu o reconhecesse. Jordán tinha dito para eu procurá-lo perto das canchas de bocha, então fui para aqueles lados. As casas tinham diferentes marcas de água das enchentes, algumas na metade das janelas. Peguei uma estrada de cascalho e segui na direção norte.

Era um dos primeiros dias de primavera, sem frio, porém úmido. Na estrada estavam as mesmas barraquinhas de sempre, de iscas, com placas que diziam "minhoca, larva, tuvira", com sacolas transparentes cheias de água onde nadavam lambaris.

Dois garotos usando boné para trás passaram por mim de bicicleta. Um deles trazia no guidão uma gaiola com um cardeal. O outro, uma vara e dois peixes gordos pendurados no quadro da bike. Perguntei a eles se a pescaria tinha sido boa.

— Mais ou menos — disseram, desconfiados.

— Estão vindo do balneário Vélez?

— Não. Do cais.

— E não viram nenhum pescador velho, por acaso? — perguntei freando, sem fôlego, quando eles já iam longe.

Os garotos frearam e ficaram me olhando por cima do ombro.

— Um daqueles velhos que moram na beira do rio... — falei. — Lá no cais não tem ninguém?

— Não. Lá na Los Italianos tem.

Agradeci e eles seguiram seu caminho muito mais rápido que eu.

A ventania dos carros passando fazia o guidão tremer. Na entrada de uma borracharia, vi que havia uma bica e parei para tomar água. Era uma construção quadrada, um cubo de cimento, e atrás dela apenas o campo, os matos. Uma senhora e dois meninos tomavam chimarrão na porta, sentados numas cadeirinhas de praia. Fiz sinais para eles, perguntando se podia usar a bica, e disseram que sim. Os meninos davam pedaços de biscoito para um filhote de lontra. Molhei a cabeça, o pescoço e o rosto. Vi que havia umas peles penduradas no alambrado e, como supus que havia algum caçador, me aproximei.

— Boa tarde.

— Boa tarde — responderam.

— A senhora não sabe se anda por aqui, pela orla, um homem chamado Fermín Ibáñez?

— Não que eu saiba...

— Não conhece ninguém por aqui de sobrenome Ibáñez?

— Não, Ibáñez não — disse a senhora, estapeando um mosquito no antebraço.

Os meninos me olhavam curiosos.

Ao lado, uma carroceria azul-celeste, de Fiat 600, servia de galinheiro. Havia roupa pendurada num varal. Nem um canteiro, nem uma flor, nem uma planta. Só lixo no meio da grama alta.

Fui embora. À medida que o cansaço me vencia, comecei a me perguntar o que estava fazendo, se realmente achava que encontraria o que estava procurando: uma pintura roubada havia quarenta anos por alguém que certamente a queimara ou jogara no fundo do rio.

Desviei da estrada de cascalho, rumo à orla. O caminho tinha um declive suave que me ajudou a seguir em frente, apesar do meu ceticismo. Na cancha de bocha não havia ninguém. As cadeiras de plástico e as mesas estavam amontoadas num canto e a banquinha estava fechada.

26

Cheguei à região que chamavam de Los Italianos, um terreno que inicialmente havia sido estábulo, depois curral de ovelhas e, agora, camping. A rua avançava à sombra de um bosque de eucaliptos. Vi ranchos novos que antes não existiam, barracos de chapa, puxadinhos remendados. Uma favela havia se formado ali nos últimos anos.

Um garoto saiu de trás de uma árvore apontando um revólver e atirou em mim. Eu me abaixei tarde, após ouvir o estrondo, e perdi o controle da bicicleta. Fui parar de cabeça na grama da valeta. Ouvi risadas. Vários garotos que estavam escondidos atrás das árvores fugiram correndo. Gritei para eles. Olhei meu corpo, não tinha nada, salvo um raspão no joelho. Levantei. Uma garota jovem, que caminhava com uma bacia alaranjada cheia de roupa, viu que eu olhava em volta assustado e disse:

— São balas de festim.

Agradeci e não pude deixar de observá-la. Era linda. Afastou-se caminhando entre os entulhos e a grama falhada, com o flip-flop dos chinelos de dedo, com um vestido azul e o cabelo molhado. Virou para trás um segundo. Gostaria de dizer que sorriu para mim, mas não. Simplesmente foi embora e eu continuei caminhando, sem subir na bicicleta.

Eu estava me enfiando cada vez mais naquela favelinha nova, então desviei por uma estrada de terra que descia para o rio. Imediatamente apareceu entre as árvores a água turva, aleonada, que chegava até a outra margem, do lado uruguaio, e que sempre me pareceu tão distante e difícil de alcançar.

Ao longo da orla havia uma trilha que contornava o barranco. Cruzei com vários homens pescando com vara. A seus pés havia frangos eviscerados, dos quais tinham retirado as tripas para usar de isca. As moscas se amontoavam em cima da carne morta, nos baldes e nas galochas. Perguntei a eles se conheciam um tal de Ibáñez, um pescador negro. Não conheciam.

Cheguei a um lugar onde havia um quadro-negro que dizia "Temos papagaios", e outro, mais adiante, escrito "Churrascaria Passarinho". Não ficou claro se vendiam papagaios vivos ou para comer. Depois cheguei a uma barraca onde um churrasqueiro magricelo preparava linguiças na brasa. Cumprimentei-o, sentei para descansar e pedi um *choripán* com um copo de vinho.

Para puxar conversa, perguntei a ele há quanto tempo tinha gente morando na região de Los Italianos.

— A favela? — disse.

— Isso.

— Olha, acho que uns dois ou três anos. Agora, aqui em Barrancales — disse ele, pensando que eu era da capital —, quem não é funcionário público é favelado.

— E a prefeitura não dá nenhum auxílio?

— Que auxílio, o quê! Aqueles ladrões ficam até com os colchões e a roupa das doações.

Depois perguntei sobre Ibáñez. Ele fez uma pausa enquanto passava um pano no balcão e disse:

— Ibáñez? Tem um Ibáñez, sim, só que do lado uruguaio.

— Fermín Ibáñez?

— É. Não tenho certeza do primeiro nome — falou —, mas é um pescador que se chama Ibáñez.

— Negro?

— Sim. Mais pra mulato, na verdade.

— Aqui em frente?

— Isso. Meio retirado, um pouco antes de Paysandú.

— E como faço pra atravessar?

— Ali no Gervasoni, depois da madeireira, tem uma balsa que atravessa com carros.

— Achei que não atravessava mais...

— Pois é, agora voltou porque o povo não tem dinheiro pra ir de carro pela ponte, por causa do preço da gasolina e do pedágio.

— E a que horas atravessa?

— Às cinco, mais ou menos.

Caminhei até o Gervasoni, sempre contornando o rio. Não havia ninguém no cais. Ainda era cedo. Sem me afastar muito, entrei no mato e me deitei à sombra de um freixo, ao lado da bicicleta. Acho que não demorei a dormir.

Acordei uma hora depois, olhando a copa da árvore, sem me lembrar de quem eu era. Eu me sentia dentro de uma daquelas longas carreiras de ramagens que Salvatierra tanto gostava de pintar: o puro espaço entre as árvores, a mata densa, com pássaros escondidos, uma composição quase abstrata, muitas vezes usada como transição entre as cenas, como se o olho do observador passeasse na altura dos pássaros que voam dentro da floresta, cheia de sombras salpicadas de luz, lugares secretos, íntimos, onde não há seres humanos, onde o olho vê como se voasse, sem tocar o chão, pulando de árvore em árvore, solitário, na segurança das alturas, nas profundezas da mata de espinilhos, inhanduvás, esporões-de-galo, corticeiras em flor, entre passarinhos como calandras, sanhaçus-vermelhos, pica-paus de cabeça amarela, papagaios, sabiás.

Sentei-me um pouco e vi que uma balsa enferrujada estava atracando no cais. Vinha quase vazia. Depois de um fiscal da alfândega conferir os documentos, desceram um carro e duas motos, e alguns homens descarregaram caixas de madeira. Aproximei-me e perguntei ao moço que parecia ser o encarregado se a balsa iria cruzar para o outro lado. Ele disse que, se juntassem alguns carros, podia ser que sim. Esperei um bom tempo, sentado no píer, observando o movimento escasso. As marolas de água turva batiam contra os pilares, balançando o lixo que flutuava.

Tínhamos cruzado algumas vezes com toda a família para ir de férias a La Paloma, no Uruguai. Quando meu avô morreu, Salvatierra gastou parte da herança naqueles dois ou três verões no mar. Alugávamos uma casa perto da praia. Salvatierra levava pedaços de tela branca e pintava na varanda. Na volta, acrescentava-os ao último rolo. A travessia era feita numa lancha que nos deixava em Fray Bentos, e de lá viajávamos de trem até La Paloma, fazendo a baldeação em Montevidéu. Para mim, as férias começavam naquela lancha.

Depois de duas horas esperando no píer do Gervasoni, me senti cansado. O rio parecia largo demais, como se eu tivesse que cruzá-lo a nado. Eu não sabia como ia fazer para procurar, de bicicleta, um pescador que diziam viver na outra margem. No fim a balsa não atravessou, porque não apareceu nenhum carro. Pude voltar com a sensação de ter sido derrotado por dificuldades insuperáveis, e não pela minha própria fraqueza. Pensei que era melhor assim. Quando meu irmão chegasse, poderíamos ir com o carro dele pela ponte internacional.

27

No caminho, vi um daqueles céus que Salvatierra pintava. Um daqueles céus profundos, mutáveis e poderosos. Às vezes, ele fazia umas nuvens dispersas que minguavam na direção do horizonte, dando assim verdadeira dimensão ao céu. Conseguia criar espaços aéreos enormes, que davam vertigem. Como se fosse possível cair dentro da tela. Eu sabia — tinha aprendido — que tipo de céu lhe interessava, e algumas tardes, ao chegar do colégio no galpão, dizia a ele: "Tem um bom céu lá fora", e saíamos para olhar. É algo que continuo fazendo sem perceber, embora Salvatierra tenha morrido há muitos anos. Fiz isso aquela tarde quando pedalava devagar de volta a Barrancales: vi o céu gigante, um céu de planície, azul intenso, com nuvens como montanhas, como regiões, e em silêncio eu disse a Salvatierra que saíssemos para olhar.

Muitas vezes me acontece de, ao ver uma coisa, saber como ele a teria pintado. Vejo figos numa travessa e imagino como Salvatierra os pintaria. Vejo uma árvore, um eucalipto meio cinza azulado, e o vejo como se pintado por ele. Ou pessoas (em geral me acontece em encontros, quando já tomei algumas taças de vinho), por momentos as vejo oleosas, de cores fortes, com rostos vermelhos ou amarelos, com gargalhadas cubistas, ou num gesto que ele teria interrompido, um modo de inclinar a cabeça, de cruzar as pernas, de sentar-se.

Talvez pareça que esse é meu próprio olhar artístico que não me atrevi a desenvolver. Mas nunca tive vontade de pintar. Sempre senti que não havia nada que não estivesse pintado por ele. Lembro-me de ter lhe mostrado um rabisco que fiz aos dez anos, de submarinos e foguetes. Eu estava orgulhoso de como eles tinham ficado. Uma semana depois, entrei no galpão e os encontrei pintados na sua tela, o submarino e o foguete, gigantescos e mais coloridos, e minha sensação não foi de que ele havia me copiado, mas de que eu os copiara dele sem saber.

Na adolescência, costumava sonhar que eu tinha uma linda mulher nua nos braços. Eu a abraçava forte, com medo de que ela se transformasse em outra coisa. Mas eu a apertava com tanta força que ela ia amolecendo, se liquefazendo em cores. Eu acariciava um braço dela e borrava sua pele: por baixo, via-se uma cor azul viscosa. Então eu a soltava e ela ia derretendo, eu me desesperava, assustado, lambuzava o lençol com ela como se a matasse, como se a buscasse, até ficar lisa, impossível e linda, pintada para sempre na tela.

Encontrar o pedaço faltante era algo que eu precisava fazer para que o quadro não fosse infinito. Se faltasse um rolo, eu não poderia olhá-lo por inteiro, conhecê-lo por inteiro, e continuaria havendo incógnitas, coisas que Salvatierra talvez tenha pintado sem que eu soubesse. Porém, se o encontrasse, haveria um limite para aquele mundo de imagens. O infinito teria borda e eu poderia descobrir algo que ele não tivesse pintado. Algo meu. Mas essas são interpretações que faço agora. Naqueles dias eu só estava obcecado por encontrar a tela, não pensava nessas coisas.

28

Cheguei agitado ao galpão. Boris e Aldo já tinham ido embora. Abri a garrafa de uísque que eu tinha comprado para Jordán. Dei uns goles e comecei a vasculhar prateleiras e caixas. Encontrei um desenho japonês que o dr. Dávila havia dado de presente a Salvatierra. Era um longo desenho enrolado, em que cada cena se relacionava com a anterior e, por sua vez, ia motivando progressivamente as cenas seguintes. Algo que sem dúvida deve ter interessado a Salvatierra.

Encontrei uns pincéis que meu pai fazia, com pelos de todo tipo de bicho. Para os traços mais grossos, pincéis de rabo de cavalo, que a gente ia buscar nos leilões de éguas velhas, onde vendiam os sacos de cerdas por quilo. Para os traços médios, pincéis de pelos do interior da orelha das vacas, que buscávamos no açougue do Lorenzo às terças-feiras, quando ele carneava. Para os traços suaves, pincéis de pelo de lontra, que um velho caçador chamado Ceferino Hernández trazia para ele em troca de uma garrafa de vinho tinto Trenzas de Oro. Para os traços mais finos — para pintar pelos, gramas, teias de aranha —, pincéis de pelo dos gatos pretos que nós, moleques do bairro, apedrejávamos de vez em quando, ou de penas pequenininhas recolhidas do chão da gaiola do sabiá ou do cardeal ou do tipió que Luis tinha no quintal. Salvatierra fazia o cabo do pincel com um pedaço de taquara. Juntava os pelos dentro de um cone para que adquirissem aquela disposição, cortava cuidadosamente a outra ponta e, depois de amarrada e colada, enfiava-a dentro do caniço. Era assim que ele fabricava seus pincéis.

Aldo veio fechar o galpão. Pedi a ele que me ajudasse a descer alguns rolos. Perguntei quantos anos exatamente ele havia trabalhado com meu pai e calculei que os anos em que Salvatierra trabalhou sozinho, sem ajuda, foram dez. Descemos alguns rolos daquela época e também outros, posteriores a 1980. Quando Aldo foi embora, fiquei algum tempo olhando um rolo inteiramente dedicado às estações. Não havia pessoas. Só se viam, de vez em quando, algumas figuras minúsculas passando no fundo da paisagem. Os espaços iam mudando da luz branca das sestas de verão para os aguaceiros de abril, e dos campos inundados no inverno para as árvores repletas de folhas novas, quase fosforescentes. Se não me engano, foi pintado no ano em que derrubaram Arturo Frondizi. Quando a política — ou a humanidade em geral — o desiludia, Salvatierra pintava essas paisagens vazias, como se quisesse fugir para um lugar onde as relações se limitassem a um aceno à distância.

Outro rolo, que eu nunca tinha visto, começava com um trem. No último vagão, sentado, olhando pela janela, havia um adolescente magro e melancólico. Seria eu? Parecia-se muito comigo. Com um sorriso nervoso, o garoto se despedia de alguém. Sim, era eu. Me reconheci como numa fotografia antiga que eu não sabia que haviam tirado. Meu pai me pintara do jeito que me viu aquela manhã em que ele e minha mãe me acompanharam até a estação. Vi que mais adiante, na pintura, a grama e as rodas apareciam borradas porque o trem já estava em movimento, e eu aparecia também nas outras janelas do vagão. Numa delas, ia comendo um sanduíche. Em outra, ia dormindo encostado no vidro, e havia uma garota nua no assento da frente, como se fosse meu próprio sonho. Fiquei impressionado por Salvatierra pensar tanto em mim. Fiquei impressionado por me ver através dos olhos dele, pois dava para notar o quanto sofreu com minha partida. Senti que ele me falava com seu quadro e vencia o silêncio enorme que existira entre nós dois. Agora ele me falava com o amor da sua pintura e me dizia coisas que nunca havia conseguido dizer.

Tomei um pouco mais de Chivas, não sei quanto, pois estava tomando direto da garrafa. Um pouco mais. O que foi que aconteceu naqueles anos? Primeiro Luis tinha ido embora para Buenos Aires e, pouco depois, eu. Supostamente, ia para estudar, mas eu queria era fugir de Barrancales, de casa, e sobretudo do quadro, do vórtice do quadro que eu sentia que ia me engolir para sempre como um coroinha que acabaria como capelão daquele grande templo de imagens e tarefas infinitas com as telas, as polias, as tintas... Salvatierra tinha pintado minha fuga como se quisesse me proteger, porque as janelas do trem se transformavam depois nas janelas do prédio da faculdade e ali estava eu de novo, seu filho caçula, distraído entre os outros alunos, com um bando de papagaios rodopiando em cima da minha cabeça. Em outra janela estávamos Luis e eu, sentados à mesa no nosso quartinho de pensão; Luis contente, servindo num copo algo que parecia cerveja, e eu fumando. Como Salvatierra sabia que eu tinha começado a fumar? Simplesmente imaginou, e pintou seu filho já livre das suas mãos, fazendo coisas que ele não podia controlar. Ali estava seu olhar sobre nós dois, desejando-nos uma vida fácil, uma vida de estudantes, sem perigos. Acredito que, como ele ouvia rádio, sabia o que estava acontecendo na universidade naquela época. Devia estar preocupado sobretudo com Luis, pois sabia que ele flertava com a militância peronista. Sabia, porque eu me referia a ele (até isso começar a ficar perigoso) como "meu irmão peronista". Mas Luis não tinha muita convicção política, na verdade só militou alguns anos para se diferenciar da inclinação frondizista de papai e para ser aceito por um grupo de amigos da capital. Afastou-se da militância bem antes dos anos mais violentos.

A pedido de Salvatierra, mamãe nos telefonava com frequência para saber como andávamos. "Papai está perguntando quando vocês vêm ver a gente", dizia ela, e nós deixávamos passar os meses sem voltar, até que chegavam as festas e viajávamos juntos para passar o Natal com eles. Mas nós dois sabíamos que ficaríamos morando em Buenos Aires, e éramos cúmplices nessa espécie de traição.

Já estava tarde. O uísque em jejum me deu uma coragem desnecessária, meio boba, que me animou a abrir um último rolo antes de ir embora. Era dos anos 1980. A princípio, vi trechos de faixas de areia e galgos magros entre os salgueiros. Depois encontrei um retrato que Salvatierra fez da minha ex-mulher Silvia e do meu filho Gastón durante um fim de ano que passamos em Barrancales. Os dois estão pintados. Eu não. Como se já tivéssemos nos separado. Silvia, sentada, desvia o olhar para a direita; meu filho Gastón, com seis ou sete anos, está de pé, encostado na mãe, olhando de frente. Seus olhos me intimidaram. Salvatierra pintava os olhos como se estivessem prestes a piscar. Os olhos do meu filho, com um olhar transparente, um pouco magoado. Como se perguntasse por que aconteceu tudo o que aconteceu. A separação e o divórcio e buscá-lo para ir aos bosques de Palermo nas manhãs de sábado. Precisei me sentar.

Fiquei absorto, olhando. Pouco depois daquele retrato, Silvia e eu nos separamos. Ali estavam os dois. Minha mulher e meu filho. Como se eu os encontrasse onde os havia deixado. Como se tivessem ficado ali quietinhos esperando por mim durante dez anos na escuridão da tela. Eu sabia que parte da culpa era de Silvia, mas ali estava Salvatierra me mostrando o que eu havia perdido. Era difícil de olhar. Meu pai tinha conseguido capturar o que escapara das minhas mãos.

29

Já estava escuro quando saí do galpão para voltar a casa, de bicicleta. Dava para ver algumas estrelas e o vento soprava fresco. Eu ia adivinhando buracos e pedregulhos, tentando me desviar deles. Alguns quarteirões antes de chegar, ouvi um carro acelerando atrás de mim. Quis olhar, mas os faróis me ofuscaram. Senti que vinha para cima, e me fechou, ameaçando me atropelar. Manobrei como pude e me aproximei da calçada, botando o pé no chão, assustado. O carro freou alguns metros dali. Havia duas pessoas dentro dele. O cara do lado do passageiro estava com o braço para fora da janela. Sem me olhar, gritou:

— Venda de uma vez aquela merda! — E o carro arrancou, levantando areia.

Não consegui ver a cara deles. Alguns vizinhos saíram para xeretar e me perguntaram o que tinha acontecido. Eu não sabia se dizia a eles que foi um mal-entendido ou que haviam tentado me matar. Realmente não tinha certeza.

Em vez de ir para casa, fui até a cabine telefônica e liguei para Luis. Quando contei o que havia acontecido, ele disse que provavelmente era a gangue do Baldoni, o dono do supermercado.

— Foi uma ameaça pra gente vender — disse Luis.

Ele parecia muito seguro. Eu achava inacreditável que fosse isso mesmo. Luis disse que se uma denúncia à polícia fosse me deixar mais tranquilo, que a fizesse. Minimizou a coisa, dizendo:

— Ninguém vai matar a gente por causa de um galpão, Miguel.

Para ele era fácil dizer isso de longe. Depois me contou que a papelada para tirar a obra do país não estava indo bem. Havia conversado com um advogado porque, na primeira etapa do processo, surgiu um problema. Luis fez um requerimento à Comissão Nacional de Patrimônio Histórico e Artístico para levar a obra ao exterior. A comissão constatou que, anos atrás, a obra de Salvatierra tinha sido declarada "patrimônio cultural da província", portanto, não podia ser vendida nem transportada para outro país. Se a província não havia feito nada pela obra, nós tínhamos o direito de ir à justiça e pedir sua expropriação. Só que isso podia demorar anos. Eu não conseguia acreditar no que estava ouvindo.

— Por enquanto não diga nada aos holandeses — falou.

Fui para casa. Já não estava assustado, mas sim irritado. Pela burocracia que nos impedia de divulgar a obra de Salvatierra, por Baldoni mandar me assustar para que lhe vendêssemos o galpão... Na esquina do bar dos Durst, vi que a televisão estava ligada e entrei para tomar uma cerveja e me distrair. Eu precisava de um pouco de agito.

30

De manhã, fui ao supermercado para me encontrar com Baldoni no seu escritório.

— Eu fiz *o quê*? — disse ele.

Ficou muito ofendido quando lhe expliquei. Negou tudo rotundamente. Disse que não era seu estilo fazer uma coisa dessas. Que ele até podia estar com pressa para comprar o terreno, mas jamais mandaria seu pessoal apressar ninguém.

— E o que seu pessoal faz? — perguntei, frisando que ele mesmo aceitava ter "seu pessoal".

— Eu trabalho no gabinete de Assistência Social. Nós distribuímos as doações que chegam. Tem gente com raiva de mim porque acha que eu fico com essas coisas, talvez tenham te confundido com alguém da minha equipe…

Saí dali mais desconcertado que antes. Fui até o galpão e fiquei olhando Boris e Aldo trabalharem. Tinham adquirido uma habilidade mecânica. Iam desenrolando a tela sobre o scanner, cada um puxando de um lado com um movimento idêntico, em espelho, e enquanto o aparelho copiava aquele trecho eles enrolavam a outra extremidade. Hanna voltou de Misiones com esculturas de madeira em forma de passarinhos, onças e jacarés. Pelo que contou, parecia mais impressionada com as cataratas do Iguaçu que com as ruínas jesuíticas. Ela contava as coisas meio em castelhano, meio em holandês, dando explicações a Boris.

Boris me disse que o pessoal do museu queria saber em que pé estava a papelada para tirar a obra do país. Queriam saber quando seria possível fazer o traslado, pois precisariam contratar um transporte especializado. Não contei a ele sobre os problemas na alfândega. Falei que em breve tudo estaria em ordem. Boris disse que continuaria trabalhando até sábado, que naquele ritmo provavelmente terminariam a digitalização até lá e ele não teria mais nada a fazer. Comentou que talvez voltasse para a Holanda até que o traslado da obra estivesse pronto.

— Sábado é o último dia? — perguntei.

— Sim. Sábado. *Saturday* — respondeu.

Antes que eles fossem embora, eu queria procurar Ibáñez do lado uruguaio. Queria encontrar o rolo faltante.

Na sexta-feira, quando Luis chegou, resolvemos fazer na noite seguinte um churrasco de despedida na casa, com Aldo e os holandeses. Ainda não sabíamos o que iríamos dizer a eles sobre os entraves burocráticos. A questão não era simples. Luis tinha tentado, em vão, argumentar com o pessoal da Comissão Nacional de Patrimônio. Se uma obra havia sido declarada "de interesse cultural" ou "patrimônio cultural", isso não poderia ser desfeito. Era preciso seguir os passos legais da expropriação. Deveríamos expropriar algo que não só era nosso, como também havia sido rejeitado durante anos pela instituição que agora, por lei, detinha seus direitos.

Ficamos um tempo conversando na cozinha. Propus que fôssemos ao Uruguai procurar por Ibáñez. Luis dizia que não tinha os documentos do carro para passar pela imigração na costa uruguaia e que, além do mais, minhas suposições sobre onde estava o rolo faltante eram ridículas. Eu lhe dizia que podíamos atravessar de lancha, sem carro, que inclusive talvez fosse mais fácil procurar um pescador por água do que por terra. Ele me dizia que eu estava louco. Meu irmão ouvia meus argumentos sem olhar para mim, andando de lá para cá na cozinha, com um risinho de desdém. Começou a lavar a louça. Contei a ele o que Jordán me dissera, e as coisas que descobri olhando alguns rolos. Ele não falou nada. Secou a louça em silêncio. Luis queria divulgar a obra de Salvatierra, não sua vida. Se Salvatierra havia sido contrabandista, preferiria não saber. Queria que levassem a obra de uma vez, parecia sentir o peso da sombra oculta de toda aquela vida enrolada no galpão.

— Se não quiser vir, eu vou sozinho amanhã — falei para encerrar, e fui para o quarto.

Escutei-o zanzando pela casa durante um tempo e depois adormeci.

31

Acordei muito cedo, quando ainda estava escuro. Fui tomar chimarrão na cozinha. Eu não sabia como ia fazer para atravessar de lancha. Tinha que pedalar de novo até o Gervasoni. De qualquer forma, já me decidira a ir. Tomei banho, vesti a última muda de roupa limpa que me restava e fui pegar a bicicleta no quintal. Confesso que, como estava bravo com meu irmão, fiz um pouco mais de barulho para incomodá-lo. Pus uns biscoitos numa sacola. Fui até a porta da rua e, quando estava saindo, Luis apareceu despenteado, sem os óculos e de pijama. O escrivão de pijama, pensei. Fazia pelo menos vinte anos que eu não via meu irmão de pijama.

— Espera — me disse.

Ele se trocou, tomou uma xícara de café e saímos no carro dele. O dia estava quase amanhecendo para os lados do rio.

— Escute — disse ele —, vamos cruzar de lancha. Mas, se não encontrarmos esse tal de Ibáñez antes do meio-dia, a gente volta.

— Sem problemas. Temos que estar de volta à tarde pra fazer o churrasco — falei para tranquilizá-lo.

Fizemos em dez minutos o caminho que eu levara uma hora pedalando no dia anterior.

Deixamos o carro perto da alfândega e subimos caminhando até uma lancha que supostamente sairia às sete, mas que só saiu às oito e quinze, pois estava esperando uma carga de Concepción. O encarregado, o mesmo do dia anterior, cobrou dez pesos de nós dois. Perguntei se ele conhecia Ibáñez e ele disse que não o via fazia muito tempo, mas que costumava ficar numa região chamada El Duraznillo.

Antes de o sol sair, o rio ficou dourado. O movimento da água fazia com que a superfície parecesse enormes lâminas de metal se movendo em diferentes velocidades. Pudemos confirmar a força da água quando a lancha começou a se afastar da margem. O motor se esforçava nas explosões, com a proa na diagonal, contra a corrente, e ainda assim o rio ia nos vencendo, empurrando-nos para o sul.

Vimos passar um veleiro e depois uma lancha da guarda-costeira, muito veloz, com boa parte do casco fora da água.

Fomos até a proa e ficamos debruçados no parapeito. Luis se lembrou de um campeonato de futebol que jogamos quando éramos meninos, contra times de Paysandú, do outro lado do rio. Havíamos cruzado várias vezes com aquelas camisas coloridas, num barco a diesel que parecia que ia afundar.

Ficamos um tempo em silêncio, olhando as ondas nas laterais do casco. Passamos por dois homens numa canoa, e passou por nós um bote com motor de popa, com uma família e seus móveis. Pensei em Salvatierra atravessando mercadorias de noite com Jordán. O rio não era tão largo, afinal, e ali do outro lado havia outro país, outras leis. De repente, agarrei o braço do Luis.

— Tive uma ideia.

— O quê?

— A tela não pode sair da Argentina?

— Bem... não.

— Mas do Uruguai sim...

Luis me olhou.

— O que está querendo dizer?

— Atravessamos a tela até o Uruguai e a despachamos para a Holanda de lá.

— "Atravessamos"?

— Isso. Atravessamos.

A expressão do Luis mudou.

— Não seria má ideia — disse ele, e rimos, pensando nela.

Os barrancos da costa uruguaia se aproximaram até que avistamos o calcário branco, as imensas pedras desmoronadas na base, perto da água. Desembarcamos num porto novo, que não conhecíamos. Um fiscal da alfândega uruguaia pediu nossos documentos e descemos sem saber para onde ir.

Um homem se aproximou nos oferecendo um táxi. Perguntamos se estávamos longe de El Duraznillo e ele disse que seriam uns quinze minutos. Nos levou por uma estrada de cascalho. As casinhas pelo caminho já deixavam claro que estávamos em outro país, pois tinham canteiros bem cuidados com flores e plantas. Levamos mais de quinze minutos para chegar. El Duraznillo era um conjunto de casas à beira de um caminho que desembocava no rio.

Pedimos ao taxista que nos esperasse e batemos na porta de um boteco fechado. Uma mulher saiu secando as mãos no pano de prato. Perguntamos se ela sabia onde Ibáñez morava e ela disse que ficava na costa, num terreno municipal do qual extraíam cascalho, passando a fazenda Los Linares. Precisou nos explicar como chegar porque não conhecíamos a região.

Teria sido mais fácil ir pelo rio, mas ninguém podia nos levar. Então, continuamos com o taxista. Ele pegou um caminho de terra e foi falando de política, olhando para nós pelo retrovisor para ver se respondíamos, mas não demos corda. Ficamos em silêncio como dois matadores de aluguel. Não parecíamos perigosos, mas inquietantes. Talvez por isso o cara falava sem parar.

O caminho estava bastante ruim e o carro pulava entre as poças secas. Passamos por uma fazenda chamada Los Lanares (eu tinha entendido que a senhora disse "Los Linares"). Depois havia uma estradinha, mas estava fechada com uma corrente frouxa. Descemos. Testamos se dava para levantar a corrente, para que o carro passasse por baixo, mas era impossível.

Tínhamos que ir a pé até a costa. O taxista não queria nos esperar. Era compreensível que não quisesse ficar ali, debaixo do sol. Luis pagou a viagem e mais um pouco adiantado para que ele viesse nos buscar dali a duas horas, no mesmo lugar.

Seguimos o rastro branco, cruzando um campo de arbustos esparsos. Nossos sapatos não eram próprios para andar no meio do mato. Eu estava de mocassim, e Luis, com sapatos sociais que logo ficaram empoeirados. Luis começou a ficar agitado, pediu que parássemos um pouco. Enxugou o suor com o lenço. Quero-queros irritados com nossa invasão passaram dando rasantes sobre nossa cabeça. Eles tinham razão. O que estávamos fazendo ali, tão deslocados, debaixo daquele sol que já começava a queimar nossas costas?

Para os lados do rio, as árvores iam ficando mais densas. A costa não podia estar muito longe. Continuamos caminhando e não demorou para chegarmos a uma casinha de concreto, ao lado de umas estacas do que um dia foi um curral. Vimos um homem desmontando um motor. Acenamos de longe para ele e perguntamos onde Ibáñez morava. Ele disse para seguirmos em frente e, chegando ao rio, que contornássemos a margem até um ônibus velho. Ali poderíamos encontrá-lo.

Contornamos um capinzal, depois uma lagoa cheia de aguapés, depois um bosque espinhoso, e então chegamos à barranca do rio. Era estranho ver o rio da outra margem, como se estivesse correndo na direção contrária, como se a água subisse e o tempo andasse para trás. Caminhamos pela costa, passamos por cima de um alambrado e por fim vimos um ônibus cinza, sem rodas, apoiado nuns barris, com um beiral de chapa metálica saindo de uma das laterais. Nos aproximamos e batemos palmas. Não havia ninguém. Na beira do rio, não se via nenhum bote amarrado. Pensamos que Ibáñez podia estar pescando.

Sentamos à sombra de uma árvore, nuns caixotes que havia perto de uma fogueira apagada. Conversamos um pouco sobre como poderíamos atravessar os sessenta e cinco rolos da tela até este lado do rio. Precisaríamos conseguir uma lancha, algum contrabandista disposto a fazer várias viagens. Depois veríamos. Comemos os biscoitos que eu trazia na sacola. Mais de uma hora se passou.

Quando já estávamos planejando voltar, apareceu um homem rio abaixo, num bote. Vinha assobiando algo, distraído. Sob o chapéu rasgado, não se via seu rosto. Quando ele nos viu, diminuiu a velocidade com o remo e, de uma distância cautelosa, olhou para nós. Parecia jovem demais para ser ele.

— Bom dia — falei, alto mas cordial, tentando tranquilizá-lo, pois entendi que ele não gostou nada de encontrar dois intrusos ali parados, esperando-o em casa, como uma aparição. — Estamos procurando o Fermín Ibáñez.

— Fermín Ibáñez? — disse ele, e vimos seu rosto moreno.

— É o senhor?

— Não. O Fermín era meu tio — disse. — Morreu já faz tempo.

— O senhor é sobrinho dele? — perguntou Luis, embora fosse óbvio.

— Sim — disse. — O que andavam procurando?

— Queríamos saber se seu tio Fermín ainda tinha um rolo de tela pintado, que era do nosso pai, Juan Salvatierra. Um rolo assim, grande — eu disse, abrindo os braços. — Uma tela com desenhos.

O sujeito ficou olhando para nós.

— Seu tio e nosso pai eram amigos — falei.

Ele foi trazendo o bote até a margem, já menos desconfiado. Desceu, amarrou uma corda num tronco caído, botou uma sacola no ombro e se aproximou de nós, mas não estendeu a mão.

— Não sabe se seu tio tinha aquele rolo? — perguntou Luis, impaciente.

— Tinha, sim — disse o homem. — Ficava guardado ali no motor do ônibus, embrulhado numas sacolas. Depois ele foi preso e morreu.

— E onde está o rolo agora?

— Eu dei, já tem uns anos.

— Deu?

— É, pro Soria, dono aqui da Los Lanares. Nunca me pagou. Ele disse que ia me dar uma égua com um potro, mas nunca me deu.

Ibáñez esvaziou a sacola e caíram na areia alguns peixes viscosos, um surubim e vários curimbas. Começou a limpá-los ali mesmo, na água. Os lambaris, quase invisíveis, levavam os pedaços de tripas.

— E não sabe se este sr. Soria guardou o rolo?

— Não sei... Disse que usaria como enfeite.

Ibáñez terminou de limpar os peixes e, talvez por ver que não íamos embora, nos convidou para comer ali.

— Não sou de luxo, mas tem pra todos. Tenho vinho também.

Luis disse que dali a pouco o táxi passaria na rua para nos buscar. Eu teria aceitado de bom grado. Ibáñez nos ofereceu vinho morno numa jarra que foi circulando entre os três.

Enquanto preparava o fogo, ele nos contou que, segundo se lembrava, quando era criança o rolo ficava no capô do ônibus, no lugar onde antes havia o motor. Uma vez tinha ido xeretar para ver o que era e seu tio o enxotou dali na base do chicote. Antigamente, o lugar tinha sido uma propriedade municipal onde extraíam cascalho para fazer estradas. Seu tio era responsável por cuidar do maquinário e deixavam que ele usasse o ônibus como casa. Depois, a exploração de cascalho se esgotou e levaram as máquinas para outro lugar. Fermín Ibáñez tinha vivido muitos anos ali, antes de ser preso por matar um homem ao sul de Paysandú, numa briga de bar. Morreu na prisão. Na época, o sobrinho de Ibáñez já morava no ônibus.

Mais tarde, o lugar ficou conhecido como ponto de pesca e ele cuidou por um tempo de uma barraquinha de churrasco e de bebidas. Depois passaram a fazer ali, todo mês de fevereiro, a Festa do Pescador, com gente vindo de todos os cantos, inclusive da Argentina e do Brasil. Ibáñez nos contou que numa das festas abriu a tela para mostrá-la e Soria, que tinha acabado de comprar a fazenda Los Lanares, ofereceu trocá-la por uma égua com um potro. Soria era fanático por cavalos, e na tela, segundo Ibáñez, havia uma parte com umas corridas quadreiras pintadas. Ibáñez, que na época tinha quinze anos, aceitou a oferta de Soria, ajudou-o a guardar o rolo no porta-malas do carro e nunca recebeu nada em troca. Às vezes, ele cruzava com Soria e o velho lhe dizia: "já estou separando uma eguinha pra você", mas nunca cumpriu. Soria havia morrido fazia cinco anos, os filhos entraram na justiça contra os credores e a propriedade ficou abandonada.

32

— Mas o senhor tem certeza de que não tem ninguém lá?

— O único posteiro mora na entrada do caminho, e vive bêbado ou na vila.

Demoramos para decidir. Ou melhor, eu demorei para convencer Luis, que não queria saber de nada. Por fim, subiu no bote, de má vontade. Tínhamos deixado o táxi ir embora e isso, para ele, foi como queimar as naus. Ibáñez nos levou rio abaixo no seu bote até a fazenda Los Lanares. Talvez por causa do vinho, que subiu à minha cabeça, eu estava quase feliz. Achava engraçado ver meu irmão, o escrivão, sentado naquele bote lamacento, agarrado às bordas, o tempo inteiro ajeitando os óculos com um rápido empurrãozinho do dedo médio, com medo de que eles caíssem na água.

Contornamos a margem sem remar. A correnteza que nos levava era lenta, porém constante. De repente, depois de um tempo, apareceu um bosque menos espinhoso, menos nativo, de eucaliptos e pinheiros. Ibáñez disse que a casa ficava atrás das árvores e nos levou até a margem. Descemos perto de um trapiche do qual restavam apenas os pilares.

— Mais tarde eu venho — disse Ibáñez, enquanto se afastava remando.

Ficamos ali parados, olhando em volta. Estávamos mais a pé do que nunca. Fomos nos distanciando lentamente do rio. Entre suspiros ofegantes, Luis alternava de tanto em tanto as mesmas frases: "primeiro, pedimos licença", "se estiver fechado, vamos embora", "não sei que merda estamos fazendo aqui", "sou um idiota por seguir você". A casa surgiu de repente entre as árvores. Um casarão de pedra com torre e balaustradas. Paramos subitamente.

— Deve ter gente — disse Luis.

Nos aproximamos pelo capinzal que um dia foi o jardim, pulando troncos de árvores caídas, galhos secos e um bosque de cardos da nossa altura. De vez em quando, parávamos para evitar o barulho das folhas e poder escutar. Mas nenhum cachorro latia, só se ouvia um zumbido de cigarra ou de vespa que parecia sair da casa. De repente, assustamos um macuco e o macuco nos assustou com seu assobio e seu bater de asas. Chegamos à varanda. Havia calhas destruídas por algum temporal, grama entre as lajotas, ninhos, terra. O abandono era total. Contornamos a casa. Na entrada, Luis bateu palmas, depois bateu na porta. Ninguém respondeu. Ele a empurrou, mas estava fechada.

Tentamos olhar por entre as grades das janelas, mas ali dentro só vimos contornos de móveis na penumbra. Demos outra volta na casa. Encontrei uma porta de madeira, com a parte de baixo meio podre. Me agachei para ver se conseguia quebrar uma tábua. Luis queria ir embora. Eu fingia não escutá-lo.

— E agora, o que você vai fazer? Entrar para roubar?

Aí eu me irritei. Levantei e disse a ele que não pensava em roubar nada, muito pelo contrário, pensava em recuperar algo que haviam roubado de nós.

— Se vai ficar me enchendo a paciência, prefiro que vá embora. Tchau — falei, e ele se mandou, se perdeu entre os cardos.

Tentei desemperrar a porta, dei pontapés, empurrei com o ombro. Descarreguei contra ela a raiva que eu estava sentindo do meu irmão. Fiquei assim durante um tempo. Quando me cansava, parava e depois voltava a tentar. Eu tinha chegado até ali, não ia me deixar vencer agora por uma porta velha. Insisti, mas não consegui nada, mal pude arrancar umas farpas. De repente, algo caiu do meu lado: um pau. Dei um pulo, desviando. Era

Luis, que vinha com um galho enorme. Sem dizer nada, enfiou o galho na fresta da madeira carcomida para fazer uma alavanca. Juntos, conseguimos entortar a parte inferior da porta até conseguir uma abertura por onde podia passar uma pessoa.

— Vamos — me disse, e eu fui primeiro.

Foi como entrar num cheiro. Um cheiro de amoníaco e de podre, forte demais para respirar. Precisei tapar o nariz. Era cheiro de morcego. Fiquei parado no escuro. Tateei procurando uma parede e tropecei em alguma coisa de lata.

— O que foi? — perguntava Luis, ainda entrando.

— Nada. Cuidado que tem uns baldes aqui.

Meus olhos foram se acostumando à penumbra e vi que estávamos numa despensa. Entrava um pouco de luz pela fresta que fizemos. Abrimos uma porta alta e entramos num corredor onde pudemos respirar um ar mais limpo, mas que ainda conservava o frio úmido do inverno. Avançamos com cuidado. Havia portas de ambos os lados, todas fechadas. Não dava para ver nada no fim do corredor. Chegamos a um canto. Primeiro, pensamos que o corredor fazia um L, depois um U, por fim descobrimos que era quadrado, pois voltamos à porta por onde havíamos entrado. Começamos a abrir algumas portas do lado direito. Vimos uma cozinha com panelas e frigideiras penduradas na parede, cômodos amplos com tapetes e enfeites de porcelana, um escritório, três banheiros. Abrimos uma porta do outro lado, do lado interno, e não dava para ver nada.

— O que é que tem aí? — perguntou Luis.

— Está escuro — eu disse, e pelo eco soubemos que era um espaço imenso.

Entramos, mas como não conseguíamos enxergar, Luis acendeu o isqueiro. À luz da chama tímida, vimos umas poltronas, uma sala de jantar e, atrás de nós, um animal ali parado: uma ratazana gigante, do tamanho de um porco. Recuamos.

— O que é isso?

Não falei nada, fiquei imóvel.

— Fora! — disse Luis. — Fora! — E bateu o pé para espantá-la, mas o bicho nem piscou.

Comecei a rir de nervoso, pois percebi que era uma capivara empalhada. A oscilação da chama do isqueiro fazia com que o bicho parecesse vivo, respirando. Luis tocou nela com o pé e soou oca. Percorremos o lugar com o isqueiro erguido. Era um salão enorme, que funcionara como sala de estar e de jantar. Quando o susto passou um pouco, saí e comecei a abrir portas.

— O que está fazendo? — disse Luis, numa espécie de grito sussurrado.

Não respondi. Eu queria que entrasse mais luz. Dei a volta inteira no corredor abrindo as portas de ambos os lados. A luz do dia entrava pelos cômodos externos e chegava ao centro da casa. Quando eu estava por completar a volta, ouvi meu irmão dizer alguma coisa. Entrei no salão e o vi olhando para cima. Olhei na direção onde ele olhava e demorei para focar a vista. Por fim, vi que havia algo entre o teto e a altura das portas, uma série de formas, como um friso decorando a parede em torno do salão. Era a tela de Salvatierra. Aí estava. Embora a luz do sol chegasse fraca ali dentro, pudemos distinguir alguns cavalos e formas humanas. Senti um grande alívio: ali estava a ponte, o espaço que ia tapar a brecha que tanto me incomodava na obra do meu pai. Finalmente me livrei daquela interrupção. Senti o prazer que sentimos quando algo se completa e se torna fluido e contínuo.

— Precisamos descê-la — eu disse, e imediatamente começamos a trabalhar.

33

Tivemos que usar os móveis como andaime. Debaixo de tudo, pusemos a longa mesa de jantar. Em cima, duas torres: uma formada por um aparador e a outra com duas mesinhas de centro e uma cadeira. Deixei o aparador para Luis porque, pelo seu peso, convinha o mais estável. Descobrimos que a tela estava pregada com tachas numas tábuas. Tentamos arrancar as tábuas, mas era impossível. Não tínhamos ferramentas. Procurei na cozinha algo que nos servisse e peguei várias facas. No fim, acabou sendo mais prático usar a base de uns candelabros de aço, que enganchavam bem debaixo das tachinhas e permitiam fazer uma alavanca para arrancá-las. Mas dava muito trabalho. Por momentos pensávamos em deixar para o dia seguinte, dizendo que poderíamos voltar com ferramentas e escadas, mas, depois de uma pausa, continuávamos.

Vimos um pedaço da tela que mostrava uma corrida de cavalos. Ali estavam os animais, nervosos antes da largada, tensos, contidos, encabritados, e ainda assim delicados, como feras furiosas paradas com elegância na ponta dos dedos. Depois, na cena da largada, as pelagens pareciam sair do quadro. Um zaino brilhante, um baio amarelo, dourado, um vermelho cor de fogo, um tordilho branco reluzente. Todos disparando feito molas na saída das cocheiras, enormes, mágicos como bisões rupestres, agressivos, com os ginetes minúsculos, bambeando em cima do lombo, incapazes de dominar aquela potência desenfreada.

Quando terminávamos de despregar mais ou menos cinco metros, tínhamos que mover o andaime improvisado. Era cansativo. Mesmo sendo cuidadosos, parecia que dava para ouvir o barulho que fazíamos ao arrastar os móveis a quilômetros de distância. Passamos a tarde inteira assim. Minhas mãos começaram a formar bolhas. Além disso, por estar com os braços erguidos acima da cabeça, nossos ombros e o pescoço iam enrijecendo. Uma hora, procurei água para beber, fui até a cozinha e não encontrei nada. A água corrente da casa havia sido cortada.

Tentamos arrancar as tachas puxando a tela de uma só vez, os dois juntos, mas ela esgarçava. Era preciso arrancar uma por uma. Usávamos a base do candelabro como calço, fazíamos uma alavanca e a tacha saía voando, então a ouvíamos cair nos ladrilhos. Assim, íamos avançando. A certa altura, chegamos a um trecho da tela onde se via uma mulher com uns olhos claros que me pareceram familiares. Pedi o isqueiro a Luis, aproximei-o da imagem e de repente percebi:

— Esta mulher era colega do papai no Correio.

— Tem certeza?

— Sim. — eu disse. — Absoluta.

Ali estava Eugenia Rocamora, pintada de memória, fumando nua na cama de algum quarto secreto de Barrancales. O sol da sesta estalava na veneziana e caía sobre seu quadril jovem.

— Eu a conheci outro dia. É a mulher que te contei, que me atendeu no Correio.

Havia mais imagens de Eugenia Rocamora. Ainda que nem sempre se visse seu rosto, dava para saber que era ela, às vezes dormindo, com seus longos cabelos castanhos esparramados nos lençóis, às vezes lendo um livro, deitada nua sob uma luz branca que entrava nos quartos comunicantes, pois, embora fosse o mesmo quarto repetido de diferentes ângulos, Salvatierra os pintara como se formassem uma só casa de muitos cômodos, a longa casa das sestas que ele havia dormido com aquela mulher.

Acho que ficamos surpresos, pois nenhum de nós tinha a menor suspeita desse romance. Suponho que mamãe também não ficou sabendo. Ou talvez sim, e estava convencida de ter encerrado o assunto. Não restavam dúvidas de que Salvatierra tivera um relacionamento com Eugenia Rocamora, com certeza em 1961, ano correspondente àquele rolo. Não parecia algo imaginado por ele, mas algo pintado logo depois, dia a dia, como um diário de sestas. Não havia como ter certeza disso. Dava a sensação de um relacionamento curto, uma série de encontros, talvez um mês, quem sabe, ou poderia ter sido durante um ano, que mais tarde Salvatierra condensou na lembrança. Mas parecia uma relação curta, impossível, intensa, como um relâmpago na sua pintura. Em algum momento, devem ter decidido se separar. Aquilo não podia durar. Ela tinha cerca de vinte e cinco anos e ele, cinquenta e dois. Ainda por cima, era casado. Escândalo demais para uma cidadezinha do interior.

À medida que a soltávamos, a tela ia caindo sobre nós, e uma hora a figura daquela mulher nua parecia cair em cima do Luis, que estava cansado, de saco cheio e não muito contente com a revelação da infidelidade do papai.

Fizemos três das quatro paredes que a tela cobria, e então paramos um pouco. Já eram cinco horas da tarde. Luis fumou sentado numa das poltronas empoeiradas. De vez em quando dizia frases céticas.

— Isso devia ter apodrecido aqui, Miguel. Estamos nos metendo onde não fomos chamados. Não se revolve o passado assim, entende?

Sentei em outra poltrona e não respondi. Ele continuou:

— O que acontece com alguém pertence ao seu próprio tempo, não deve ser desenterrado. Por algum motivo foi esquecido. Cada um tem que viver sua própria vida e deixar os mortos em paz.

Lembrei a ele que nenhum de nós dois havia tido muita vida própria. Pensei nele indo toda noite ao supermercado depois do trabalho para comprar um peito de frango e uma saladinha, mas não comentei nada.

Eu estava tirando Luis do sério, porque ele sempre lidara com a onipresença de Salvatierra dando as costas a ela, tentando sepultá-la no tempo. Era seu jeito de viver. E agora eu o estava forçando a lidar com isso à minha maneira, isto é, percorrendo aquela enormidade até encontrar seu limite.

Olhei a tela meio pendurada e, para lhe dar um pouco de razão, disse:

— Lembra do gesto que ele fez no hospital, quando perguntamos o que fazer com o quadro?

— Ele fez assim — disse Luis, imitando o gesto de despreocupação de Salvatierra.

— Sim, mas depois fez com o dedo um sinal de "cuidado", "fiquem de olho nela", e apontou pra mamãe.

— E?

— E eu achei que era um "olhem a mamãe, cuidem dela", mas acho que ele quis dizer "façam o que quiserem com a tela, mas cuidado com a mamãe, fiquem de olho pra que ela não veja as coisas que eu pintei".

— Pode ser... Ele não estava muito convencido de que tudo viria à tona.

— É, mas agora já foi. Isso não pode ofender ninguém.

Ficamos em silêncio para não continuar discutindo a mesma coisa.

— Temos que deixar essa tela do lado uruguaio — disse Luis, mudando de assunto. — Podemos deixá-la com o Ibáñez. Assim já temos pelo menos um rolo deste lado.

Voltamos a trabalhar, apressados, porque Aldo, Boris e Hanna deviam estar nos esperando para o churrasco. No entanto, a parte final foi a mais difícil, por causa das bolhas.

Precisei enrolar a mão com um lenço. Fomos soltando uma sequência do rio: botes vazios, atados, na manhã fria; botes reunidos no meio da água, com homens numa espécie de encontro clandestino; dois homens brigando na margem. Era tudo muito misterioso. Dava um pouco de medo. Não sabíamos o que iríamos encontrar.

Ao final daquela sequência do rio, apareceu uma mulher negra, nua, como uma alma errante, fugindo, perdendo-se entre os ramos e as folhas de cruz-de-malta. Quando começamos a descê-la, vi que essa parte tinha uma costura, um remendo em diagonal. Era o talho que Fermín Ibáñez tinha feito aquela vez no galpão, no meio do tumulto, quando eu tinha onze anos.

Disse isso ao Luis mas ele não pareceu interessado, ou estava cansado demais para responder. Não falou comigo até terminarmos o trabalho. Quando a tela inteira estava no chão, nós a enrolamos e a levamos rolando até uma janela. Luis teve a ideia de enrolá-la novamente com um pedaço de pau dentro, para podermos carregá-la no ombro. Usamos o galho que servira de alavanca. Retiramos a pintura pela janela e a levamos entre nós dois. Pesava como um homem.

34

Chegamos ao rio quando o sol já se punha. Ibáñez estava nos esperando. Ao nos ver chegar, puxou umas linhas que havia jogado e nos ajudou a carregar a tela no bote. Perguntamos se ele poderia nos atravessar até o outro lado.

— Sim, mas a guarda-costeira está aí — disse ele.

— E o que podem fazer com a gente? — perguntei.

— Bom, não querem que ande atravessando gente de noite...

— Quanto o senhor cobraria pra nos atravessar? — perguntei a ele.

— Cinquenta.

Luis tirou cinquenta pesos e lhe deu.

Primeiro fomos à casa do Ibáñez para deixar o rolo. Nós o ajeitamos debaixo de umas telhas, envolto numa lona. Ibáñez colaborava sem fazer perguntas. Aproveitei sua boa vontade para perguntar se ele sabia de alguém que tivesse um bote maior, uma lancha que atravessasse coisas de noite, porque com o dele no máximo poderíamos atravessar dois rolos de cada vez, não mais que isso. Ele sorriu um pouco envergonhado e perguntou o que nós tínhamos que atravessar.

— Mais rolos como este — falei.

— Quantos?

— Uns sessenta.

Ficou uns segundos pensando.

— Quando vocês vêm buscar isso? — perguntou.

— Amanhã ou depois, no mais tardar.

— Quando vierem, eu terei algo preparado.

Subimos de novo no bote. A noite caía lentamente. Ibáñez começou a remar com a proa voltada para a margem oposta. De vez em quando, levantava os remos e fazia uma pausa. Decidimos cruzar o mais reto possível e depois contornar a margem até a altura onde ficava o galpão, para chegar mais rápido. Nossos convidados deviam estar preocupados. Poderíamos caminhar aqueles quarteirões até a casa e buscar no dia seguinte o carro que havia ficado no desembarque da alfândega. Nós três ficamos em silêncio. Ouviam-se apenas os remos, a água batendo nas laterais do barco e a respiração do Ibáñez. Depois as butucas começaram a incomodar, zunindo nos nossos ouvidos.

A certa altura, vimos uma lancha com luzes potentes. Ibáñez olhou, mas não disse nada. Continuou remando sem alterar o ritmo. A lancha passou longe e rápido, sem prestar atenção em nós.

— Era a guarda-costeira — disse depois. — Andam enchendo muito o saco.

Foi ficando noite, até que quase não dava para ver nosso rosto. Só a silhueta negra do Ibáñez contra o céu alaranjado. Numa das suas pausas, enquanto ele descansava um pouco, perguntei se queria que eu remasse.

— Não, estou bem — disse, e pareceu ficar estático por um instante. Eu me perguntava o que ele estaria fazendo. De repente, com um único tapa rápido e certeiro, caçou uma butuca que estava lhe incomodando. Jogou o inseto morto na água e seguiu remando.

Fiquei calado, quase fulminado, olhando seu perfil. Quem era aquele homem que remava? Senti medo e uma grande confusão. Estávamos no meio do rio, havia apenas umas luzinhas do outro lado.

Fomos rio abaixo até o trapiche velho.

— Aqui não dá pra fazer barulho nem acender um cigarro porque andam atirando de carabina nos botes que passam perto.

— Por quê? — perguntou o Luis.

— Por diversão, pra testar a pontaria — disse Ibáñez. — Muito guri drogado.

No silêncio, ouvimos uma algazarra como de uma festa, a poucas quadras dali, e vimos um brilho no céu. Um clarão.

Sentimos a proa emperrar na areia, então descemos.

— Nos vemos daqui uns dias — disse Luis.

— Fiquem bem — disse Ibáñez, e se afastou remando.

Ele estava prestes a se perder de vista na escuridão quando o chamei:

— Ibáñez?

— O quê?

Tentei vê-lo, mas já tinha sumido na noite. Sua voz, no entanto, parecia ainda próxima, talvez por esse estranho efeito do som que desliza na água mansa sem perder a força.

— Sua mãe morreu?

— Sim, faz tempo — disse ele, das sombras.

— Era negra?

— Sim, era negra.

— E seu pai?

— Não conheci.

— Não sabe nada dele?

Ficou um instante sem responder, depois sua voz ecoou de mais longe:

— Só sei que era mudo.

35

Luis subiu o barranco na minha frente e começou a andar depressa, sem parar. Teria ouvido a mesma coisa que eu?

— Luis — chamei. — Luis!

Não o vi se virar, só percebi quando ele já estava em cima de mim e agarrou minha camisa.

— Como você vai perguntar pra ele uma coisa dessas? Como você vai perguntar?

Quis fugir. Eu estava tão chocado quanto ele. Pedi que me soltasse, agarrei suas mãos e tentei empurrá-lo. Lutamos.

— Me solta — eu dizia, mas ele não parava de me sacudir.

— Como você vai perguntar isso pra ele?

Nada fazia sentido. Eu o empurrei com força e caímos no chão. Suponho que no escuro não tínhamos idade. Brigamos como na adolescência.

Luis não me soltava. Os cachorros da quadra latiam. Parecia uma briga de bêbados. Falei várias vezes que não era minha culpa. Finalmente pude levantar e consegui que ele me largasse. Ficou sentado no meio da rua de terra.

Esperei por ele, mas, como não se levantava, continuei andando e depois ouvi que ele vinha atrás. Tínhamos um meio-irmão? Talvez Salvatierra tivesse tido um filho com aquela mulher negra que aparecia retratada. O negro Ibáñez ficara furioso naquela noite de farra no galpão ao reconhecer sua irmã no quadro. Talvez inclusive soubesse que Salvatierra tinha engravidado sua irmã. Por isso o negro Ibáñez dera um talho no quadro e depois o roubou ou ajudou Jordán a roubá-lo. Teria sido assim? E o caso com Eugenia Rocamora, a mulher do Correio? Haveria mais mulheres de quem jamais saberíamos? E mais filhos?

Tudo isso caía sobre mim, misturado com o cansaço. Eu me sentia exausto, aturdido dentro do meu próprio corpo. Quem foi meu pai? Tive a impressão de que não o conhecia. Que acabava de vê-lo remando nosso bote, seu perfil contra o céu alaranjado. Salvatierra tinha sido como as duas margens do rio. Minha mãe e aquela uruguaia negra. Em qual das duas margens ele estava? Talvez estivesse sempre oculto onde as margens se tocam por baixo da água.

Fomos nos aproximando do alvoroço que parecia haver mais adiante. Vimos gente correndo na direção de uma luz a algumas quadras dali. Achei que estava acontecendo algum show em frente ao supermercado. Quando um menino passou correndo por nós, perguntei a ele:

— O que é?

— Um incêndio — disse.

Me aproximei depressa, mas algo em mim parecia estar andando para trás, fugindo. A cada passo, ficava mais claro que estava acontecendo o que eu temia.

36

O galpão estava em chamas.

Sei que corri e alguns vizinhos precisaram me conter. Mas tenho imagens confusas daquele momento. O galpão estava pegando fogo. O telhado parecia ter desabado e as labaredas subiam violentas. Gritei para que chamassem os bombeiros, e me disseram que já estavam a caminho. Pela maneira como eu agia, acharam que havia gente lá dentro. Eu me lembro do calor no corpo. Da sensação de não conseguir aceitar o que estava acontecendo. Era injusto demais. O trabalho de uma vida inteira estava se perdendo no fogo. Me desesperei pedindo baldes e água, mas me puxavam pela roupa, tentavam me acalmar pois era em vão, e eu lutava. Não conseguia aceitar aquilo. Era como se minha vida e a da minha família estivessem queimando. Minha memória, minha infância. O tempo juntos, os anos de Salvatierra, suas cores e seu empenho, seu talento, seus dias, seu carinho enorme e silencioso pelo mundo. Tudo estava pegando fogo. O sentido da sua vida, também o meu esforço e o do Luis e da mamãe. As imagens da Estela viva na pintura, seus olhos prestes a te olharem. O rio infinito queimando para sempre. Não era justo.

Luis passou o braço sobre meu ombro e o vi chorar. Ficamos assim, olhando, respirando o ar quente da impotência por não poder apagar aquele inferno. O óleo da pintura e a tela faziam com que os rolos ardessem como tochas gigantes. Chegaram Aldo, Boris e Hanna, que estavam nos esperando na porta de casa. Não podiam acreditar no que viam. Perguntavam o que tinha acontecido e nós perguntávamos a eles a mesma coisa.

Disseram que haviam terminado o trabalho às sete. Fecharam a porta com cadeado. Não tinham deixado nada ligado. Por sorte, como era o último dia, tinham retirado o scanner e os equipamentos. Boris ficou quieto olhando, com a garrafa de vinho para o churrasco na mão. Depois, dava voltas em círculos xingando em holandês e parava de novo. Cada um se lamentava à sua maneira. Os vizinhos que se aproximaram para olhar, curiosos, não entendiam a dimensão da perda.

Depois chegaram os bombeiros, mas não puderam fazer nada. Perguntaram o que havia ali dentro e, quando explicamos, nos disseram que era material altamente combustível, que só seria possível impedir que o fogo se propagasse aos terrenos vizinhos.

Desnecessário falar da tristeza de ver aquilo queimar a noite toda, e da madrugada, quando finalmente pudemos entrar naquele cheiro de queimado e as cinzas negras num pântano de água e as vigas de metal entortadas e a salamandra de ferro, que foi a única coisa que restou de pé. Não pudemos recuperar um único metro dos rolos do quadro de Salvatierra que estavam guardados no galpão.

37

Agora, no local, tem um estacionamento. Era o que Baldoni queria. Eu o vi num documentário francês sobre a vida e a obra de Salvatierra. Não foi possível comprovar que o incêndio fora intencional nem que Baldoni fora o culpado. Mas não restam dúvidas de que foi seu pessoal que fez aquilo. A porta havia sido arrombada. Ele alegou que foram seus adversários políticos, que entraram achando que o galpão era seu. Supostamente, acharam que ali dentro havia doações apreendidas, como colchões e cestas básicas, mas não encontraram nada e, para se vingar, atearam fogo.

Vendemos o terreno a outra pessoa para não vendê-lo a Baldoni, mas essa pessoa vendeu a ele pouco tempo depois.

Recuperamos o rolo que tinha ficado com Ibáñez, do lado uruguaio. Atravessamos com os holandeses pela ponte internacional. Luis não quis vir. Aldo não pôde, pois não tinha documentos. Então, fomos Hanna, Boris e eu, e conseguimos escanear o rolo, o único que sobreviveu ao incêndio.

A certa altura, pude chamar Ibáñez num canto e dizer a ele o que achava. Falei que talvez Salvatierra tivesse sido seu pai e quem sabe fôssemos meios-irmãos. Não notei muita reação nele, como se não estivesse interessado ou a notícia chegasse tarde demais para que ele se importasse. Senti que precisava contar isso a ele, mesmo que pudesse ser desconfortável para nós. Falei que, em parte graças a ele, havia se salvado o único fragmento existente do quadro de Salvatierra. Contei sobre o incêndio e ele lamentou que a travessia dos rolos não seria mais feita, pois já tinha combinado com o dono de uma lancha bem grande, me disse.

Boris e Hanna levaram embora o único rolo de tela e toda a obra digitalizada. Na alfândega, disseram simplesmente que a tela tinha sido pintada por eles mesmos e não tiveram problema algum. Foi assim que a tela chegou ao Museu Röell, em Amsterdã.

38

Tempos atrás, li esta frase: "A página é o único lugar do universo que Deus me deixou em branco". Não recordo onde a li. Ela me impressionou porque senti isso com meu pai. Nunca fui muito religioso, pois a ideia de ter um pai espiritual além do enorme pai biológico que eu já tinha me parecia assombrosa. Entendi a frase como "a página é o único lugar do universo que papai me deixou em branco". Ocupamos os lugares que nossos pais deixam em branco. Salvatierra ocupou essa margem distante das expectativas pecuaristas do meu avô. Apropriou-se da representação, da imagem. Eu fiquei com as palavras que a mudez de Salvatierra deixou de lado. Comecei a escrever há alguns anos. Sinto que esse lugar, esse espaço da folha em branco, pertence a mim independentemente dos resultados. O mundo inteiro cabe nesse retângulo.

Meu filho Gastón se dedica à música. É baixista numa banda. Está indo bem. Mora em Barcelona. Fui visitá-lo há dois anos, procurei trabalho sem muita sorte e acabei voltando. Agora moro em Gualeguay, a poucas horas de viagem de Barrancales. Trabalho à tarde num jornal local. De manhã, escrevo minhas coisas e caminho pelas ruas tranquilas.

39

Um final de semana, quando estive com Gastón, voamos até Amsterdã para visitar o Museu Röell. Fiz isso porque ele me pediu. Tive que engolir o orgulho: eu havia jurado que jamais pisaria naquele lugar. Não terminamos numa boa com a fundação do museu, pois não nos pagaram nem cinco por cento do que haviam proposto.

Meu filho me convenceu. Chegamos de manhã ao novo edifício que abriga a coleção de arte latino-americana. Fica perto do Nieuwmarkt. Deixamos os casacos no guarda-volumes, pagamos as entradas e fomos aonde está a tela que Luis e eu resgatamos. Ela ocupa a parede inteira de uma das salas. Foi estranho ver ali, do outro lado do mundo e sob a luz artificial, a intimidade das sestas de Eugenia Rocamora, que a certa altura parece estar sonhando com cavalos encabritados que se lançam nas corridas quadreiras e disparam até a praia e vadeiam o rio já sem ginetes até a outra margem onde se esconde entre a sombra verde a mãe negra do meu meio-irmão Ibáñez.

Mas o mais surpreendente foi quando descemos as escadas rumo ao pavilhão antigo e, de súbito, na parede de um longo corredor curvo, vimos o quadro de Salvatierra. Ele emite uma luz inquieta, de aquário. E vai passando por aquele monitor do tamanho exato que a tela tinha.

A obra inteira, digitalizada, passa lentamente da direita para a esquerda, como se fosse você a deslizar rio abaixo, ou quadro abaixo. Gastón e eu nos sentamos para olhar. Vimos coisas que Salvatierra pintou antes de morrer: a cozinheira caolha que salvou sua vida quando o cavalo quase o matou, seu amigo Jordán tocando uma sanfona que jorra água e peixes, suas primas nuas no rio sob aquela luz baça dos salgueiros, minha mãe tomando chimarrão sozinha no quintal da última casa. Notei como as pessoas passavam e se sentavam no banco ao longo da parede para olhar o quadro por um tempo. Agora todos podiam vê-lo. Não estava nada mal o que Luis e eu tínhamos conseguido, no fim das contas. Vi o rosto das pessoas sorrindo surpresas diante das imagens alheias, da luz e das cores de Salvatierra. Agora estava tudo junto, agora a obra podia fluir completa, sem lacunas, contínua, e eu estava ali com meu filho de vinte e três anos, que podia ver o que seu avô tinha feito, aquele quadro que abraçava a todos nós, como um espaço onde os seres podiam se mover livremente, sem limites, porque não havia borda, não havia fim, porque Gastón e eu vimos, depois de um tempo ali sentados, que os peixes e os círculos de água pintados no que acreditávamos ser a margem final do último rolo do quadro se encaixavam perfeitamente nos círculos de água e nos peixes do que fora a primeira margem pintada por Salvatierra quando ele tinha apenas vinte anos.

Salvatierra © Pedro Mairal, 2008
c/o Indent Literary Agency
www.indentagency.com

Todos os direitos desta edição reservados à Todavia.

Grafia atualizada segundo o Acordo Ortográfico da Língua
Portuguesa de 1990, que entrou em vigor no Brasil em 2009.

capa
Julia Masagão
ilustração de capa
Estúdio Passeio
preparação
Silvia Massimini Felix
revisão
Ana Alvares
Fernanda Alvares

1ª reimpressão, 2023

Dados Internacionais de Catalogação na Publicação (CIP)

Mairal, Pedro (1970–)
Salvatierra / Pedro Mairal ; tradução Mariana Sanchez.
— 1. ed. — São Paulo : Todavia, 2021.

Título original: Salvatierra
ISBN 978-65-5692-181-5

1. Literatura argentina. 2. Romance. I. Sanchez,
Mariana. II. Título.

CDD A863

Índice para catálogo sistemático:
1. Literatura argentina : Romance A863

Bruna Heller — Bibliotecária — CRB 10/2348

todavia
Rua Luís Anhaia, 44
05433.020 São Paulo SP
T. 55 11. 3094 0500
www.todavialivros.com.br

fonte
Register*
papel
Pólen bold 90 g/m²
impressão
Geográfica